材料、形状、安装方法……这里制作了各式各样的人工尾鳍。中间的是在橡胶上方覆盖碳纤维材料的“覆盖型”

富士的尾鳍。它因不明原因的疾病失去了四分之三的尾鳍

植田启一（兽医）

古纲雅也（饲养员）

加藤信吾（普利司通公司）

齐藤真二（普利司通公司）

药师寺一彦（造型设计专家）

进入浅水池的富士

安装人工尾鳍的植田、古纲。用螺丝固定，以防止尾鳍在水中脱落

救救动物！

失去尾鳍的海豚富士

〔日〕岩贞留美子 著

〔日〕加藤文雄 摄影

麻春禄 译

人民文学出版社
PEOPLE'S LITERATURE PUBLISHING HOUSE

目 录

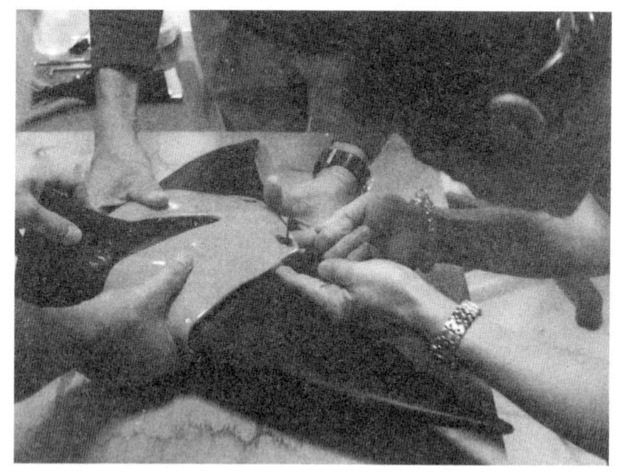

引　子

一定要阻止坏死。

我握紧了拿着电动手术刀的手。

富士“呜呜、呜呜”地叫着，好像在向我们诉说着什么。

切掉最后几厘米后，我手中感到了分量。

是富士的尾鳍。

“要切掉这么大一块呀？”

我一下子意识到了自己所做的事的严重性。

我切掉了海豚的尾鳍。

但我当时一心想要救富士。

1. 兽医师植田

盛夏的阳光，万里无云的蓝天，一望无际的碧海——这里是冲绳县国头郡本部町。

我所在的冲绳美丽海水族馆就建在这片海边。

这座水族馆建在面积广阔的海洋博公园中。

冲绳美丽海水族馆拥有世界上最大的丙烯酸板水族缸、身长七米的巨大鲸鲨，以及蝠鲼等。它们在水族馆中游弋，再现着冲绳的海底世界。

在大海的旁边，是进行海豚表演的奥基海豚剧场。

在这里可以看到海豚在水面上跳跃，就好像在蔚蓝的大海上跳跃一样。

我向在水池中游泳的海豚打招呼：

“早啊，你们今天也很好吧？”

印太洋瓶鼻海豚从水中露出头看着我，“吱吱”地叫了几声。

印太洋瓶鼻海豚奥基，自奥基海豚剧场 1975 年建成起便住在这里，剧场的名字也是由它而来。所以它已经在这里表演快三十年[①]了，是一个经验丰富的老手。

这里除了印太洋瓶鼻海豚外，还有瓶鼻海豚、太平洋短吻海豚、伪虎鲸、糙齿海豚。三个水池中，一共有二十头海豚一起生活着。

我工作的地方叫作“海兽课”。“海兽”的日语读音与“怪兽”相同，乍一听还挺吓人的。

不不不，我们可不是什么怪兽驯服家，我们是负责管理海豚、海牛等海洋动物的。

“啊，植田先生，早上好。”

海豚饲养员看见了我。

“早啊，有什么问题吗？”

“早上给它们测量了体温，没什么问题。食物也吃得很好。”

海豚的体温和食量是检查海豚身体状况的重要

---

① 当时是 2007 年。——编注

指标。

特别是海豚的进食情况。它们不怎么吃东西时，一定是有什么原因的。或是发烧了，或是胃不好，或是心情不好。

但现在海豚们都很有精神。作为兽医，我没什么事可做。不过这也是好事，医生闲着是最好的！

但大家都说我的发型根本不像个兽医。

我把头发染成了金色，像女孩子一样留得很长，然后在后面扎了根马尾辫，只将脖颈发际处剪短。这是我十分喜欢的造型。

有时头发长得很长却忙得没时间去理发店，给海豚治疗时，头发挡住眼睛很碍事。于是我便将其扎了起来，便成了现在的这个发型。

要问为什么是金发，我去国外水族馆研修时，看到来自亚洲的兽医师们都是黑发。我觉得大家都是一样的发色反而有点不自然，所以染成了金发。

任何事都应有自己的主见，我觉得这很重要。

“植田先生，我今天要参加海豚表演，请多关照哦。”

海豚表演是让更多人了解海豚才能的表演，也是冲绳美丽海水族馆引以为豪的节目。

“好的，知道了。今天是谁表演？”

“是伪虎鲸。它今天状态很好哦！”

她笑着说道，然后就去为海豚们弄早餐了。

我来到奥基海豚剧场后面的水池旁。新来的饲养员古纲正一脸为难地站在水池边。

“新来的！怎么样，工作习惯了吗？”

“啊，植田先生。你看富士又不听话了……”

在古纲脚边，瓶鼻海豚富士正张着嘴向他要鱼吃。

瓶鼻海豚比印太洋瓶鼻海豚的身体稍胖一些。

它们虽然名字相似，却是不同的物种。

“到底怎么回事？”

“我正在做体温测量的训练。刚才我用手势想让它躺下，但它要么是来回转圈，要么是冲着我叫……富士是不是没明白我的手势？”

“啊，这样啊。”我说道。

“富士是在戏弄你。”

“啊？”

古纲看向富士，表情好像在问：“你是在戏弄我吗？”但富士装作什么也不知道的样子，离开水池边，在水中轻快地游了起来。

“啊……它居然不理我。”

古纲叹了口气，一副垂头丧气的样子。

“没事儿，别灰心。”

“但是……”

“富士来到水族馆已经快三十年了。你今年多大了？”

瓶鼻海豚富士是比奥基晚两年来到这个冲绳美丽海水族馆的。

它是水族馆的内田馆长从家乡伊豆半岛的海里带来的。

“二十四岁。那富士比我大很多啊，已经是老前辈了。”

“对吧？它可不会轻易听从你的指示的。”

“哦。”

古纲似乎有些放弃了，说道：

“我原以为海豚很聪明，只要给一个手势就会和我握手，或者跳起来。表演时的海豚不都是这样的吗？”

“它当然聪明。”

“啊？”

“就是因为它聪明，才明知故犯。它明明知道你手势的意思，却故意做别的事。”

“这么说，富士还是明白我的意思的啊？”

“对，它就是明明懂你的意思，却故意去做别的事。这个家伙可不好对付哦。”

古纲一边叹气，一边看着富士。

我做了个手势，让富士游过来。富士好像犹豫着：“该怎么办好呢？”

“而且富士又顽固又倔强。要想让这个肥胆妈妈接受你，可没那么容易。”

“你说它是肥胆妈妈？”

“对，肥胆妈妈。它十分顽固，不听人指挥，所以基本不出去表演。但它是个养育能手。琉、可妮和乔奥都是它生下来并养大的。它可是个了不起的妈妈哦。”

富士游了过来。

“那个，植田先生。”

“嗯？”

“你今天也去参加海豚表演吗？”

“参加啊，多有意思！”

“你不讨厌表演吗？”

“怎么？”

“因为你是兽医，却……”

“兽医不能参加表演吗？”

“不不，倒不是因为这个。我只是想，做兽医的人，不是想搞研究、做各种专业的事吗？”

“不讨厌表演吗？”我好像也有过讨厌的时候。

我想起了自己六年前刚来到水族馆时的情景。

那时我大学毕业，作为一名新人兽医来到了冲绳美丽海水族馆。我决心通过运用在学校里学习到的最新医学知识，在这里大干一场。

但一开始的工作完全和饲养员一样：照顾海豚、清理水池，然后参加表演。

自己明明是兽医，为什么要做这样的事！这个水族馆到底在想什么？

但我与饲养员们一同工作后，慢慢地明白了：如果不了解海豚、不能号令海豚的话，也就不能治疗海豚。

“这里不需要连海豚都养不了的兽医。”

这就是培养我们的内田诠三先生的想法，他是冲绳美丽海水族馆的馆长。

多亏馆长教了我兽医的基础知识，才有了现在的我。虽然馆长很严厉，但我很感谢他。

我做手势示意富士横躺着。

富士停止了游泳，肚子朝上翻过身来，让我量体温。

“啊，富士听你的话了。”

古纲在一旁看着富士。

“把体温计拿来。”

我从古纲手中接过装有体温计的箱子，这箱子就像一个大的塑料便当盒。我将柔软的貌似吸管的探头插入富士的肛门，开始量体温。

古纲以惊讶的表情看着我的操作。

“36.4 度。”

今天也是正常体温。不愧是肥胆妈妈，挺精神的。

“为什么它这么听你的话啊？”

“因为我受女士欢迎啊。”

古纲露出不屑的表情，仿佛在说：“真狡猾！”

怎么能这样，我说的可是实话啊。

“古纲，我问你，如果海豚不让你测量体温，你会怎么做？”

“测量体温是了解海豚身体状况的必要事项，即使强行抓住它也要测量。”

“但海豚不知道你是为了它的健康吧。”

“估计肛门中被插入探头，只会感到难受吧。”

“所以兽医如果不懂得与海豚交流的方法，就无法测量体温和验血。”

“但这与海豚表演有什么关系呢？”

“通过海豚表演最能了解海豚的身体状况，比如海豚对手势的反应、跳跃的高度，以及是否与其他海豚相处融洽，有没有打架。另外，你可以与海豚一起表演，还可以与其他饲养员交流。”

“哦。”

“要站在与饲养员相同的视角来观察海豚，这一点很重要。”

“有时候用语言确实难以表达，比如说它刚才的动作是这样的。”

“对。我们要一起行动，观察海豚，理解饲养员的感受。如果兽医自行判断并治疗海豚，导致海豚死亡，将会失去在饲养员那里的信誉。”

“哦。”

“海豚是饲养员的重要伙伴。如果因为兽医而变得讨厌人类，或是因为兽医进行饲养员不认可的治疗而使得海豚身体变差，就称不上是饲养员的伙伴了。兽医就是为海豚和饲养员服务的，而不是为了进行自身的研究。”

古纲认真地听着。我对他笑了一下。

“饲养员与海豚是‘两人三足’，再加上兽医就是‘三人四足’。如果不协调一致，就无法前进。”

古纲调皮地对我笑了一下，说道：

“海豚可没有脚啊。”

呵呵，这个新人可真会怼人啊。

“是啊，海豚没有脚。”

我低头看着富士，轻轻地推了一下古纲的后背。

“哇！”

“扑通！”

随着巨大的水花，古纲掉入了水中。富士在古纲身边游来游去，好像在嘲笑他一样。

“植田先生，饶了我吧。”

“你这个新人，修行还不够啊。”

2. 生病

2022 年 10 月 16 日，冲绳的秋天还照射着夏天般的阳光。

那一天突如其来地到来了。

“植田先生，富士不吃鱼了。”

“富士？”

听到饲养员的话，我感到很奇怪，也许富士哪里不舒服了。

“发烧吗？”

“体温正常。总之，现在知道的就是这些。怎么办才好？再观察一天吗？”

“不，还是马上检查一下吧，抽干富士所在的水池的水。”

“好的。”

我准备好验血用的工具，前往水池。通过检查血液的成分，就能大致了解海豚的状态。

抽干水池的水后，海豚便无法游动。富士正老老实实地躺在没有水的水池底。

“啊……”

饲养员叫了出来。

“尾鳍边缘变白了。”

“哦？”

我急忙过去查看。

富士的大尾鳍形状很好看，但尾鳍的边缘略有些泛白。

我注视着那泛白色的尾鳍。

“是坏死。”一旁的海兽课的宫原课长说出了我的担忧。

坏死。

坏死会导致尾鳍腐烂。记得之前我曾见过尾鳍的坏死。富士的孩子琉就是因为与其他海豚打架时被咬，然后有杂菌侵入。

那时的坏死是受伤所致。所以治好了伤口后，坏死也很快恢复了。

但这次富士是因为什么呢？哪里也看不到伤

口。只是从泛白的尾鳍边缘开始坏死。到底是什么原因？

我将针头插入尾鳍中央，采取富士的血液，然后在富士泛白的尾鳍部分喷上了消毒液。

我从水池中爬了出来。在检查室分析血液后发现，状态不佳的白细胞的数值是平常的两倍。富士的身体一定有什么问题……

“明天早上，在表演开始前再检查一次。大家七点来集合。”

所有人都点了下头。

但此时我们还没有意识到富士即将面临的情况有多严重。

到了第二天，我有一种不祥的预感。

我坐立不安，七点之前便来到了水族馆。

“要是尾鳍的白色部分没了就好了。”

我一边这样期望着，一边前往水族馆。

但我们都得面对现实。坏死已经恶化了。

“白色的部分正在扩大。”

在没有水的水池中，所有人都僵住了。

富士也许是感到了异样，扭动着身体想要逃走。

“按住它，别让它动。”

“好。”

个子高的古纲走上前去，抱住了富士的尾鳍。他用右手从上方抱紧了尾鳍的根部，然后用双手托着眼前的尾鳍。

富士的尾鳍就在古纲的面前。

“呜……”

古纲偷偷地皱起了眉头。我知道那是因为什么。

富士的尾鳍已经开始腐烂，散发出难闻的臭味。

我将药塞入小鱼肚中，喂给富士吃。

要是坏死消失就好了……

我的这个期望被无情地击碎了。

到了第二天，坏死不仅没有停止，反而加速扩散。

而且从这个时候开始，富士停止吃鱼了。

“植田先生！富士要是不吃鱼，会死的啊。快想想办法！”饲养员悲伤地喊道。

再等等，我一定会找出原因！

但时间不会等。

我翻遍了书和资料，还通过网络收集了海外的信息。但不论我如何调查，还是不知道原因。

哪里也看不到类似富士的病例。

在此期间，富士尾鳍上的白色部分不断扩散。

一天、两天、三天……时间在无情地流逝。

饲养日志上详细记载着富士的饮食情况。

“青花鱼，不吃。”

“柳叶鱼，良好。”

“从嘴中吐出，不吃。”

富士哪怕吃一点东西也好。真希望它能吃点东西。

日志中记录着这些痛苦的祈求。

可恶！原因到底是什么？！

不知道原因就无从下手。

我联系了冲绳县立北部医院的嘉阳老师。

嘉阳老师是给人治病的医生。海豚与人同属于哺乳动物，因此我经常向他请教有关海豚的治疗方法。

但即便是嘉阳老师，也没听说过富士这种病例。

“最好将腐烂的部分切除。”

这是嘉阳老师的意见，我也表示赞同。切除腐烂的部分也许就能阻止扩散。

嘉阳老师结束医院的诊疗后，来到了水族馆。

他将富士尾鳍的白色部分一点点切除，希望坏死就此停止……

然而，情况并未发生改变。

到了第二天，坏死依然在扩散。从剩下的部分开始，尾鳍又开始变白。

到底是怎么回事？！

我挨个向水族馆的兽医打电话，但大家都没听说过在水族馆中饲养的海豚有过类似的病例。

最后，我致电鸭川海洋世界的胜俣兽医，听说她治疗过与富士相同的病例，她告诉我：

“曾有一头被冲上海岸的海豚的尾鳍患了坏死。”

“真的吗？当时是怎么治疗的？”

我一把拿过笔记本，紧握着圆珠笔。

“当时是使用特殊设备将坏死的部分切除掉了。但是，无论怎么切，坏死都没停止。”

“哎？”

我不禁吃了一惊。

“坏死根本停不下来。不论怎么治疗都不行，一直在重复相同的事。”

“……”

“一直到海豚死去。”

“哦……”

我的声音估计都颤抖了。

“不论怎么努力，海豚都会死去。然后大家会感到疲惫和乏力，深切地感到是自己将海豚弄死了，感受到无力感。”

“多谢。”

说完，我挂掉了电话。我已经说不出什么话了。

富士只能等死吗？难道我们什么也做不了吗？

我去了富士所在的水池。富士一边慢慢地游

着，一边望向我。

倔强大妈！我曾这样叫过富士。它真的是既倔强又乖僻。但它是一个对其他海豚很好的肥胆妈妈。

它是一个育儿高手。

它在我眼前忍受着阵痛，生下了乔奥。

生育后本来疲倦的它，却一直陪着乔奥游泳，真是一个好妈妈。

我很想帮它，但到底应该做什么？

“不要慌！”

我是兽医，要是我慌了，全体饲养员都会感到不安。

我不能让朋友们感到不安。

我做了一个决定，然后将其告诉了海兽课的宫原课长。

傍晚，饲养员们聚集到了富士的身旁。

我将鸭川海洋世界的胜俣兽医的话转达给了大家。

我告诉大家，不论怎么切除，坏死都不会停止。

我们虽然如此努力地治疗，但也许根本没有用。

富士很可能就这样死去。

我看到大家的表情变得很痛苦。

但我想告诉大家事实。

我无法装出开心的语气告诉大家“能治好！”。无论是好事还是坏事，我都想和大家一起面对。

我环视了一下众人，深吸一口气说道：

“再做一次富士尾鳍的切除手术。”

“还要切尾鳍吗？”

大家的表情变得僵硬起来。

“切了不是也治不好吗？”

“如果切大点的话，坏死有可能会停止。这次要确保将坏死的部分全部切除。但是要切除的部分很大。”

所有饲养员都注视着我。

哪怕只有一丝可能性，也要竭尽全力去做。

作为一名兽医，为了救富士的命，我想尽我所能。

11 月 7 日，富士生病三周后。

冲绳正值温暖的 11 月，但到了傍晚，抽干水的水池中却吹着冷风。

我穿上潜水衣，这样就不怕被水浸湿了。

潜水衣的后背上印着“冲绳美丽海水族馆”的标志和文字。

作为这座水族馆的兽医，为了富士，为了水族馆的朋友们，我要尽我所能。

在水池底部，富士像平时接受治疗时那样，正躺在海豚用的担架上。

饲养员们的表情很严肃，互相也很少说话。

与平时不同，今天的气氛很紧张。

富士是不是本能地知道自己的身体将要发生什么事？

“现在开始。”

听到我的口令，饲养员们按住富士，不让它动。

古纲拼命压在富士的背上。

“加油哦，很快就好了。”

古纲的脸上显露出这样的神情。

"老师，请开始吧。"

我将麻醉注射器交给了冲绳县立北部医院的嘉阳老师。

嘉阳老师今天也为了富士来到了水族馆。

我们决定，由嘉阳老师切除尾鳍的右半部，由我切除左半部。

我们是想通过两个人的分担，平分切除海豚尾鳍的痛苦。

"应该是这里吧。"

嘉阳老师在打麻醉药前，先确认了一下。

也难怪老师会犹豫。

富士的尾鳍本应是灰色的，现在却已经有一半以上变成了白色。

从尾鳍到背部都毫无力气，正蜷缩着身体。

尾鳍边缘显得十分脆弱，甚至用手一碰就会掉下来。

这样的状态，谁还能认出这是尾鳍呢？

"老师，请看这个。"

是用温度记录器拍摄的富士尾鳍的照片。

这张照片可以清楚地看到坏死部分。我一边给嘉阳老师看照片，一边说道：

“这次将坏死部分完全切掉吧。”

嘉阳老师看着我的眼睛说道：

“好。”

我也向嘉阳老师点了下头。

哪怕只剩下一点，坏死也会从那里扩散。

这次一定要全部切除。必要的话，即使将富士的尾鳍全部切掉，也要将它救活。

我看着富士尾鳍的右半部分被嘉阳老师一点点切除。

嘉阳老师是医生中的大前辈，我认认真真地看着他的操作。

手术的方法、电动手术刀的操作方法……

电动手术刀可以在切除的同时进行止血处理，防止伤口出血。

多亏有了电动手术刀，在水中生活的动物也可以做手术了。感谢现在的技术的发展。

接下来轮到我来切除了。

我在要切除的尾鳍左侧注射了麻醉药，然后尽量小心地操作，希望在切除时不让富士感受到一点疼痛。

“按住了。”

我再次向饲养员们叮嘱道。

大家再次用力按住富士。

性格温和的古纲估计现在都要哭出来了。

但我现在已经顾不上古纲和饲养员们的心情了。我将注意力全部集中在眼前富士的尾鳍上。

“嗞！”

电动手术刀触碰到富士的尾鳍后，立刻发出声音，同时冒起热烟。

不要退缩，要果断准确地切除。

我要将腐烂的部分全部切掉，一定要救活它！

一次，两次，三次……

电动手术刀的刀片较短，无法一次切除厚厚的尾鳍。

“啾，啾……”

富士发出痛苦的声音。

虽然注射了麻醉药，但不知道富士是否能感受到疼痛。

它一定很痛苦，而且可能感受到不安。

抱歉，马上就好了！

切第四次后，几乎所有坏死部分都已脱落；第五次后，尾鳍被切下来了。

切完最后几厘米后，我的左手上感觉到了重量。

是被切掉的富士的尾鳍。

再看富士，原本有尾鳍的地方，变成了令人难以置信的小团扇大小。

“切掉了这么大一块呀？”

我一下子意识到了自己所做的事的严重性。

我切掉了海豚的尾鳍。

“放水！”饲养员喊道。

手术结束的同时，水池中开始灌水。

我们赶忙将手术用具从水池中搬出来。

我们已经尽力了，能切除的部分已经都切除了。

剩下的就只能看富士的生命力了。

水池中的水不断增加。富士摇动着尾鳍，想要游动。

但是……

不论怎么摆动，它都游不动，显得十分困惑。

3. 普利司通公司

次日，我前往富士的水池，古纲正蹲在水池边。

“富士怎么样了？”

“完全不游动。”

我一看，富士只是浮在水面上发呆。

它后面拖着像小团扇似的尾巴，完全没有游动的意思。

它在手术结束后还想要游动来着。

富士心里已经清楚，不论它如何摇动尾巴，都无法前进。

“食欲怎么样？”

“稍微吃了点。好像比较喜欢吃柳叶鱼和青花鱼。但是……”

“啊？”

“必须将鱼送到它嘴里，它才会吃。”

身体健康时，富士一看到饲养员提着装满鱼的蓝色水桶，就会立刻游到水池边，然后在水中将身体立起来，头露出水面，张开嘴要吃的。

然而，现在……

古纲从水桶中取出小鱼，放入浮在水面的富士口中。

富士只动了下头，不耐烦地吃了起来。

“把鱼扔得稍远些怎么样？它会不会游过去吃？”

“我刚才试了一下，要不再试一次吧。”

古纲又取出一条小鱼，扔到了富士头前一米左右的位置。

富士瞥了一眼小鱼，但没有行动。

小鱼慢慢地沉入水中。池底似乎发出了“咚”的一声。

那声音听起来有些悲伤，像是放弃了挣扎似的。

富士动了下眼睛看着我，盯着我的眼睛似乎在说：

“看你对我做的好事！”

“你把我弄成这样，快想想办法。”

我感到富士是在责怪我让它不能游泳了。

作为兽医，我能为富士做点什么？

不会就这样结束，一定还有什么办法。

不久，富士开始游泳了，但那泳姿就像在蠕动一样。

富士像鱼一样横着晃动身体，才能勉强向前游动。

这与优雅的海豚式泳姿相去甚远。

“它似乎发现上下摆动尾鳍游不动，身体左右晃动才能游得更快。”

“看上去……不像是海豚，倒像是别的生物。”

古纲悲伤地看着左右晃着腰游泳的富士。

“扑通！”

这时，旁边的水池溅起了水花，是另一头海豚在水中跳跃。

它落入水中后，马上又去追逐其他海豚。

它游得很快。在水中自由自在地游着的海豚，时而露出水面呼吸。

“啪！啪！”

可以听到海豚在水中低声交谈。

“啾、啾……哔、哔……”

被水浸湿的身体在阳光下闪烁。

特别是那宽大的尾鳍十分好看。

而富士却浮在水中。

几天后。

富士的伤口还渗着血，但白色部分已经消失了。

富士尾鳍的坏死现象停止了。

“这回没事了。”

按理说，我救了富士的命，应该是尽到了兽医的责任，但在我心里留有一种未尽全力的遗憾。

我与饲养员们一同重新学习了海豚的饲养知识。这对海豚来说是重要的事，也是身在水族馆中的我们必须做的事。

一定还有我能做的事。我不能就这样放任不管。

我突然想起被鲨鱼咬掉两侧鳍状肢的海龟。

这只海龟失去了两侧的鳍状肢后，原本只能在水中漂浮。美国的“固特异”轮胎制造商用橡胶为它做了一双人工鳍状肢，使它便可以在水中改变方向，并能够吃东西。

橡胶做的人工鳍状肢。

人工，鳍状肢……

能不能也为富士做一个人工尾鳍?

失去腿的人可以使用假肢，在“康复中心”训练后便能够行走。

对，为富士做一个尾鳍不就行了?

给海豚装上人工尾鳍，进行训练后，也许它就能够重新游泳。

我们每天早晚都为富士进行尾鳍的消毒治疗。古纲正站在被水浸湿的水池底，我叫了他一声：

“喂，古纲。”

古纲想着不能游泳的富士今后的日子，每天都沉着脸。

“要不要找人给富士做个尾鳍?”

“啊?”

“美国有只海龟被鲨鱼咬掉了鳍状肢。”

“哦？”

“然后有家轮胎制造商为它做了个鳍状肢。”

“这么厉害啊。”

古纲稍稍笑了一下。

“所以我考虑要不要找人也给富士做个尾鳍。”

“要是有人工尾鳍，富士又能游泳了吧？”

“我们摸海豚的手感不是也像橡胶一样吗？我们请日本的普利司通公司怎么样？”

“普利司通公司！”

古纲眼中放出了光芒。古纲非常喜欢车，赛车运动中的F1方程式的直播每次都不会落下。普利司通公司是制作F1方程式赛车轮胎的公司，因此是古纲十分崇拜的对象。

“再怎么说，我们这次是制作肥胆妈妈的尾鳍，还得找普利司通公司做才行啊。”

“那敢情好啊。那就做一个大的吧。这样就能看到富士的高跳了。”

“你真傻，装上那么大的尾鳍，还没跳呢就沉下去了。”

古纲也笑了出来，好久没看到他笑了。听到我们的谈话，站在一旁的饲养员们也“嗤嗤”地笑了出来。大家似乎稍稍开心了一点。

那天下午，我来到了水族馆内田馆长的房间。

“人工尾鳍？”

内田馆长眼里放光地看向我。

气势逼人，馆长的存在感很特别。

“之前兽医的工作只是为海豚治病，但我想今后扩展到海豚的康复上。”

“哦？”内田馆长直直地看着我的脸。

“是我切掉了富士的尾鳍。所以我想负责到底，直到富士能够重新游泳。”

“富士的病因是什么？”

“不知道。”

“我估计也是。我们对海洋生物还有很多不了解的地方啊。”

“是的。”

“我们将原本住在海里的海豚放到水族馆中

饲养，所以它们才会得病。被别人这么说也没毛病吧？”

正如馆长所说，野生海豚也有相同的病例。

但既然不清楚富士的病因，即使被别人指责是水池的原因或喂食冷冻鱼的原因，我们也无话可说。

“但是，”馆长继续说道，“很多人想看海豚，想看海洋生物。正因为大家有这样的愿望，我们才提供这个场所。这是我们的使命。”

我点了点头。让大家观赏海豚，让大家了解大海的重要、生命的重要，是水族馆的重要使命。

“所以在水族馆工作的人要竭尽所能，为这些不抱怨一句的海豚服务。”

“是的。”

“人工尾鳍。”

我直起了身子。

“挺有意思的。”

馆长冲我一笑。

太好了！

“但有个条件。”

馆长恢复了严肃的表情，说道。

我又立正了身子。

“不要做那些博得同情的事。‘我做好了人工尾鳍’，‘好厉害啊’，我不需要这些。”

“是。”

“对于海豚来说，可能不喜欢被装上人工尾鳍。装上这个东西，根本不方便游泳。海豚可能会这样想。”

确实是这样。谁也不会理解海豚的心情、富士的心情。

“一定要保留完整的数据。”

“好的。”

“一定要证明，装上人工尾鳍后，海豚的游泳有什么样的改善。如果不能用于今后的海豚治疗和饲养，那就没有意义了。”

“知道了！”

我马上联系了苫米地，他是我上高中时在篮球社团的队友。苫米地很会画画，曾在普利司通公司的子公司普利司通体育公司担任设计师。

“海豚的人工尾鳍？”

苫米地显得很吃惊，但马上帮我联系了普利司通公司。

普利司通公司感到有点为难。

普利司通公司是一家销售轮胎和橡胶制品的公司。他们通过销售产品获得利润，并以此给员工发工资。公司正是依靠这种模式运营的。

但对于人工尾鳍，即使开发出来了，也卖不出去，根本不赚钱。普利司通公司制作出人工尾鳍，只对富士有好处。因此，普利司通公司根本没有必要特意去制作人工尾鳍。

但普利司通公司的人听说是为海豚制作尾鳍，似乎很感兴趣。虽然他们没有做过面向生物的产品，但回复说会帮我们找找看有没有可以胜任的人。结果，那个人很容易地就找到了。

他是普利司通公司化工材料开发部的加藤部长。

加藤部长对各种橡胶的种类十分熟悉，还擅长橡胶与布、金属的结合和加工，是橡胶领域的专家。加藤部长还是个运动健将，会滑雪、高尔夫、皮划艇等运动，现在对帆板运动感兴趣。因此，他对橡胶、大海、水流十分熟悉。再没有比加藤部长更胜任的人了。

但问题在于加藤部长的时间。

“开什么玩笑?!”

这是被问及制作富士的人工尾鳍时，加藤部长首先说的话。加藤部长正带领很多研究员搞研究，根本没有那个时间。

“不行啊。”

“但迄今为止，世界上还没有人制作过海豚的人工尾鳍。”

估计这句话吸引了身为技术专家的加藤部长。

“先听一下情况吧。”加藤部长说道。

能不能做还不知道，但是技术专家的自尊心不允许自己不了解情况就说不能做。

于是，加藤部长同意与我见面。

两周后的12月，我来到了位于东京的普利司通公司总部。

从北海道的大学毕业之后，我一直在冲绳的水族馆工作。我平时的工作服就是一条短裤和一双凉鞋，这并不是在吹嘘。今天，我费了好大心思，换上了条纹衬衫和米色西裤。但在东京的市区，到处都是身着西装的人，我的样子还是十分显眼。

“我是不是戴上领带比较好？”

穿着休闲服的我向一旁的苫米地问道。

因为我感到不安，所以今天苫米地陪我一起来了。

“你那儿有什么领带？”

“借我一条呗！”

“看你那一头金发，扎领带也改变不了什么。”

苫米地表示。

啊，对了。我是金发，梳着小辫子。有时自己会忘了这一点。

自己的脸只有在早上刷牙时才会看到。

“话说，植田，你还是那个顾前不顾后的性格啊！”

“你说什么呢？”

我有点生气了。

“打篮球时，你不是为了追球飞到场外去了吗？”

“啊？”

“你把球救了回来，却一头撞在墙上。”

“有这事来着？”

“你的脸狠狠地撞在了墙上。”

“啊，那次可真疼啊。”

我想起高中时代的事情，略感怀念。

“你真的是竭尽全力地去做眼前的事。”

“就是说我顾及不到其他事？”

“对，一点没变。”

我抬头又看了一眼大楼。

“委托普利司通这样的大公司，是不是根本不行啊？”

来到公司前，我突然担心起来。

“那全看你了。”

“所以我说嘛，还是系上领带比较好……”

“别犯傻了，你就做好植田就行了。走吧。”

说完，我们从正门走了进去。

大楼里充斥着都市的气息，我们看到两位漂亮的女接待员。

好紧张！

我被带到一间没有人的接待室。

房间里有一张大桌子，四周摆放着气派的椅子。

除此之外，还摆放着观赏植物，让我感到这才是一流企业的办公室。

这里明显与海兽课的房间不同，海兽课的房间里成天杂乱地摆放着饲养日志、资料和潜水服。

我更加紧张了。

“让您久等了。”

来了！普利司通的人！

“我是冲绳美丽海水族馆的植田！”

我夸张地弯腰行了个礼。抬起头一看，普利司通的人正呆呆地看着我的金色小辫。

他们的脸上明显写着："这就是兽医？"

看吧！所以我说嘛，还是系领带来好了！

我瞥了一眼站在一旁的苫米地。

苫米地装出一副不以为然的样子，正准备坐下。

这个家伙！

"我叫加藤。"

"我叫齐藤。"

加藤部长是位身材纤细的人。齐藤先生脸上堆着一副平易近人的笑脸，他很受加藤部长的信任，专长是海绵技术。

包括这两位技术人员和苫米地在内，普利司通公司一共来了六个人。

六对一，要是打架的话，我绝对赢不了。

"请坐。"

我坐了下来，心里十分紧张，不知道自己能不能解释清楚。

我突然与苫米地四目相对。他好像在对我说："你就做好植田，按你自己的方式来吧！"

对，我没有必要去追求完美。

我就是我。我带着冲绳美丽海水族馆所有饲养员的期望，我只需转达这些期望即可。

这次好不容易争取到会面的时间，如果不能让普利司通的人了解富士的情况，不能得到他们的协助的话，富士将一生无法再游泳。

“请先看一下这张照片。”

我拿出富士生病时尾鳍的照片。

照片中的尾鳍已有一半以上泛白，无力地垂着。

普利司通的几个人惊讶地看着照片。

“坏死的原因还不清楚，而且患了这种病的海豚没有一个能够治好。但我们为富士做了手术，将腐烂的部分大范围切除后，坏死便停止了。”

接着，我拿出了现在的富士的照片。

照片上是富士现在剩下的、像小团扇似的尾鳍。已经完全看不出是海豚的尾鳍了。

“我们切掉了尾鳍的 75%。富士已经无法用现在的尾鳍游泳了。它每天只能浮在水里。”

我尽可能地向普利司通的人转达了有关海豚、有关富士的情况。

例如，海豚是与伙伴群体生活的动物；

富士善于养育孩子，是一位母亲；

无法游泳的富士每天只是孤零零的一个；

这样下去，富士除了吃饭外，就只能浮在水面。

我不知道自己是否解释清楚了。

我只是想让普利司通的人多了解一些富士的情况。

我已经顾不上其他事了。

“请贵公司，”我激动地站了起来，向普利司通的人弯下了腰说道，“请贵公司救救它吧，我们希望它能够再次和伙伴们一起游泳！”

我心里默念道：“拜托了！拜托了！”

短暂的沉默后，加藤部长开口说道：

“其他地方也制作过海豚的人工尾鳍吗？”

“没有。但做过海龟的鳍状肢。美国的固特异公司为一只被鲨鱼咬掉鳍状肢的海龟做了一双鳍状肢。”

加藤部长他们听得很认真。不知道是不是因为我说了竞争公司的名字，燃起了他们的斗志。

“但还没有哪家公司做过海豚的尾鳍。”

听到这句话，加藤部长的表情瞬间有了变化。迄今为止还没有人制作过。听到“世界第一”这个词，没有一个技术专家的内心不会兴起波澜。

“但是……”

其他普利司通的人开口了。

“我们是制作轮胎和橡胶产品的公司，对于生物还没有经验。”

“是的。”

“今天只是了解一下情况。至于是否制作，我们将与您联系。”

“这样啊。”

对方能听完我这无理的请求，也算值得庆幸了。

“感谢大家付出宝贵的时间。”

说完，我走出了接待室。

走出普利司通公司一看，外面正下着雨，就像老天在哭泣一样。

“苫米地，你觉得我说得怎么样？”

这次没有得到明确的回复，而且对方还说对生物没有经验。看来一定会被拒绝了。

“很有植田的风格。你还是和高中时一样没有变化啊。”

也不知道苫米地是在夸我还是在安慰我。

走到东京站只要很短的距离，我却感到雨水格外冰冷。

也许我没能把情况说清楚。我对自己的无能以及不能满足古纲的期待而感到十分沮丧。

4. 模型

“普利司通公司那边情况如何？”

在冲绳美丽海水族馆的海兽课，我正坐在桌子前写资料，古纲坐到旁边的椅子上问道。

“他们说会考虑。”

我打开了电脑。

“果然是这样啊。”

“你什么意思啊？”

“我没想到植田先生真的会去东京。普利司通公司怎么会为一头海豚制作尾鳍呢？”

听到这里，我感到有点恼火。这个新人真是哪壶不开提哪壶。

“话说，你是不是应该把桌子收拾一下啊？”

我换了个话题，挖苦似的对他说道。

古纲的桌子上乱七八糟地堆满了资料。他的脏乱差数海兽课第一。

这个状态还能不把资料弄丢，真不容易。

顺便一提，在海兽课脏乱差第二的是我……

“植田先生，这里最左边的一堆资料是你的啊。”

“啊？”

我的办公桌紧挨着古纲的，我的资料好像不知什么时候窜过去了。

怪不得最近感觉自己的桌子干净了不少，哈哈哈。

“现在就拿回去吧。”

古纲要把那堆资料推到我的桌子上。

“啊，等下等下，现在有点不方便。”

我用手挡住，不让资料过来。

“有什么不方便的，请守好自己的边境。”

古纲又用力将资料往这边推。

“等下，喂！啊啊！”

“哗啦哗啦！”那堆资料一下子散落下来。

“啊……”

古纲露出惶恐的表情。

“古纲，你把前辈的资料弄散了啊？”

这种时候一定要强调“前辈”二字。

“对、对不起！”

古纲慌忙去收拾掉落在地上的资料。

“都给我好好捡起来。”

我将捡资料的活交给古纲做，自己又回到了电脑前。

先查看一下有没有邮件。

“天哪！”

有一条发件人为“普利司通公司”的邮件。

标题是《关于制作海豚尾鳍一事》。

终于来了！我慌忙打开了邮件。同意还是拒绝？现在是命运的转折点！

“植田先生，感谢您昨天的来访。”

这些客套话就算了！

我迫不及待地扫了一遍邮件内容。

“我们不知道能帮您什么忙……”

然后呢？

“对于让海豚重新健康地游泳这件事……”

嗯？

“我们想尽一份力。”

这，这就是说……

“古纲！”

“怎么了？啊，好痛！”

我听到“咚”的一声闷响。古纲本来在桌子下面捡资料，听到我的叫声，一着急把头撞到了桌子上。

“普利司通公司那边来消息了！”

“啊？”

“他们说要帮助我们！”

“真的吗？普利司通公司？”

“顶尖技术专家要挑战世界第一了。”

“哇！太好了！富士又能游泳了，是不是？”

“争取让他们给我们做一个好的尾鳍吧。这下可要忙起来喽。”

“好！”

海豚的人工尾鳍。

这个世界首创的项目马上就要开始了。

2003 年 4 月，切除手术已经过了五个月。

手术后，富士的伤口逐渐愈合，最后的痂也脱落了。

“痊愈。”富士的诊断书上这样写道。

我完成了作为兽医的工作。接下来就是面向富士的康复，开始新的工作。

在这段时间，普利司通公司的加藤部长带领团队展开了海豚的研究。

部长只在电视上看过海豚，一直以为海豚是类似海豹的动物，全身都是毛。于是我们先让部长近距离观察海豚。

我们请距离东京较近的横滨八景岛海洋世界协助，让部长亲手触摸了真正的海豚。

“这大概有‘70 度’左右吧。”

“是啊。”

橡胶上标注着表示硬度的数字。橡胶越硬，数字越大。

加藤部长与齐藤先生刚摸了下海豚的尾鳍，便确认出了硬度。到了加藤部长这个级别的人，仅摸一下耳垂，便能准确说出是“20度”。真是了不起。

人工尾鳍项目正在稳步推进。

到了7月，夏季的水族馆游客很多。

特别是在学校休息的星期六和星期日，孩子们都来了，熙熙攘攘，十分热闹。

普利司通公司的加藤部长和齐藤先生在一个周末来到了水族馆。

来了，他们终于来了。真的要开始制作富士的尾鳍了。

我十分感慨。之前一直与普利司通公司通过邮件联系，但总是不敢相信是真的。

现在普利司通公司的技术专家真的来到了水族馆。

他们真的来了。

“在周末这么忙的时候过来，真不好意思。”

加藤部长一边擦着汗，一边说道。两人身着T恤衫和短裤，与上次在东京见面时不同，感觉很平易近人。

我决定不叫他加藤部长了，而是称他为加藤先生。

普利司通公司虽然同意为我们制作富士的人工尾鳍，但是有个条件。加藤先生和齐藤先生都有自己的工作，因此只能利用休息日，作为志愿者搞研究。

加藤先生今天本应休息。

“哪里哪里，休息日还麻烦你们前来，我们才不好意思。”

我马上带大家去了富士的水池。

“这里紧挨着海呀。”

加藤先生望着那耀眼的大海说道。

“水池中的水也是从海里取来的。富士也是多亏了水池中有充足的海水才得以痊愈的。”

这是真的。在日本，很多水族馆中饲养着海豚。但大多地方都是反复消毒池水使用。有的地方如果放干了水再重新注满，甚至需要三天时间。

但在我们这里，注满水只需要四十分钟。即使是最大的水池，也只需两个小时。

幸好这个水族馆建在冲绳美丽的大海的旁边，这里的水池可以每天排去旧水，注入新海水，富士也因此能够得到良好的治疗。

“海豚表演开始了！”

正当我们走到奥基海豚剧场旁时，海豚表演开始了。

海豚们一齐跃出水面，场面十分壮观。

“跳得好高啊。”

“他们真有精神啊。”

大家高兴地看着海豚。

“过去看看吧。”

“不，还是先去看富士吧。”

“它在前面。”

我带大家来到奥基海豚剧场旁的富士所在的水池。

我们走上台阶，站在水池旁。

“这就是富士。”

我将富士介绍给了大家，大家的表情瞬间凝

固了。

富士的样子与刚才在水面上跳跃的海豚截然不同。

富士只是浮在水中。

它一天五次的进食只是机械地张开嘴而已，现在放弃游泳已有八个月了。它的眼中失去了要活下去的意志和精神。

富士每天只是这个样子浮在水中。

“它一直……”

加藤先生半天才说出话来。

“一直是这样的吗？”

“是的。而且更糟的是……”

加藤先生和齐藤先生看着我。

“它基本不活动，身体越来越胖。”

与切除尾鳍之前相比，富士胖了不少。

“因为运动量不足而发胖，胆固醇值上升了。这样下去的话，它会死于其他疾病。”

生活在水族馆中的海豚会有饲养员喂小鱼吃。即使不游泳，只要张开嘴便能活下去。

但运动量不足是富士面临的另一个严重问题。

“我们会尽最大努力帮助它。”

加藤先生说道，语气中似乎下定了决心。

“首先，为了给富士装上人工尾鳍，需要先量取富士尾鳍的模型。”

普利司通公司终于开始行动了。

他们预计将人工尾鳍像穿鞋一样装在富士的小尾鳍上。

如果人工尾鳍不合适，就会像鞋子磨脚一样，让海豚感到疼痛。因此需要量取模型，制作一个尺寸正合适的尾鳍。

我们等海豚表演结束后，将富士放在担架上，用起重机从水池中吊了出来。

“再向右一点！再升高一些！”

在夏天的阳光下，富士被从水池中运了出来。

饲养员和工作人员都聚集在水池旁。

操作起重机的人。

大声指挥方向的人。

用水管为富士淋水的人。

还有在旁边调整担架的方向，以防止富士从担架上掉下来的人。

大家各就其位，利落地协同工作。

为了让富士能够重新游泳，在水池旁，要做两个木框。

“将油灰灌入这里，像三明治一样将富士的尾鳍夹住。”

加藤先生为我们解释了尾鳍模型的制作方法。他利用休息日做了各种调查，并将最简单的方法告诉了我们。

“考虑到富士的体力问题，作业时间越短越好。这是制作模型后能够快速凝固的油灰。”

加藤先生一边将一个袋子交给我，一边说道。袋子里装着淡粉色、黏土状的油灰。

“也就是说，必须将所有油灰一次性全部灌进去，是吧？”

油灰有很多，不知道人手够不够。

“我们也来帮忙。”

回头一看，原来是负责海豚表演解说的女同

事们。

“拿一下。”

她们从我手中拿走了装着油灰的袋子。

只见她们将袋子一个个打开，然后像和面似的揉起来。

“快点！富士在等着呢。”

谢谢大家。

“真是的，古纲，你太慢了！给我。”

古纲正慢吞吞地揉着油灰，被女同事一把拿了过去。

“这边的木栅栏完成了！”

油灰被不断地灌入木框中。

好快！

我们接过了垫在富士尾鳍下面的灌有油灰的木框。

“慢一点！”

有人对着起重机喊道。

富士被慢慢地放了下来。发动机传来“哐哐”的声音。起重机不断调整位置，让富士的尾鳍进入木框中。富士落在了正好的位置上。

“好！现在要夹住了！”

接下来将另一个装有油灰的木框从上方扣在富士的尾鳍上，然后用身体压在木框上，以便能够印出完整的模型。

“这边再来点。”

“不要夹到手。”

富士拼命地晃动尾巴，试图逃走。

这也可以理解，因为富士不知道大家在对它做什么。

“按住！”

饲养员们用力按住富士，不让它动。

有人在为富士淋水降温。

“没关系，乖啊。”

古纲抚摸着富士的身体，安慰着它。

别害怕，没事的。

“加油。”

女同事们满怀期待地看着。

再次确认木框夹住了富士的尾鳍。

“好！”

加藤先生小声说道，然后取下了木盖。

“OK！吊起来！”

加藤先生告诉大家作业结束。

尾鳍得到自由的富士“啪嗒啪嗒”地摆动着身体。

操作起重机的工作人员迅速将富士吊起。

必须尽快将富士放回水中。

富士离开后，地面上剩下了两个小木框。木框中淡粉色的油灰印着富士尾鳍的形状。

上半部分和下半部分，像个小团扇的形状。

“接下来要以这个模型为基础制作人工尾鳍。”

加藤先生如视珍宝般看着地上的木框。

“加藤先生。”

“嗯？”

“对于人工尾鳍，我们有两个请求。”

“请说。”

“一个是不要伤害富士的尾鳍。”

加藤先生郑重地点头表示同意。

“虽说富士的病已痊愈，但还不清楚坏死的原因。不能因为人工尾鳍受伤，导致再次发生坏死。”

站在后面的古纲担心地看着我们。古纲不想再让富士受苦了。

不只是古纲，我和这里的所有人都是这么想的。

加藤先生点了下头。

“当然，我们是为了让富士重新健健康康地游泳才制作的人工尾鳍。”

可以感觉到古纲听到加藤先生这样说后，放下心来了。

“然后还有一个请求，就是请制作一个不会损坏的尾鳍，以免海豚误食碎片。”

“不是食物也会吃吗？”

加藤先生听后感到有点吃惊。

“是的，它们的好奇心很强，看到东西就会想这是什么，然后吞进嘴里。”

“就像小孩子似的。”

我也笑了出来。

“真的是小孩子，既任性又顽固，特别是富士。”

“富士很顽固吗？”

“很顽固。这头海豚很不好对付。它可是水族馆的肥胆妈妈。”

“肥胆妈妈？那我可得做一个让肥胆妈妈喜欢的人工尾鳍啊。”

加藤先生回头望了一下水池。

“请您费心了。”我向加藤先生鞠了个躬。

马上就有人工尾鳍了。再等等，富士！

“人工尾鳍。”

古纲返回海兽课的办公桌时，前辈饲养员平子先生正在将穿旧的潜水服剪碎。

“哎？平子先生，你在做什么呀？”

“古纲，我说啊。”

“嗯？”

“海豚是不喜欢在自己身体上装东西的。”

平子先生将潜水服裁剪成了一条条宽胶带似的

形状。

“是吗？但是印太洋瓶鼻海豚木库不是用吸盘蒙住眼睛也没关系吗？”

“你知道让它戴上那个东西，我们做了多少训练吗？”

平子先生将剪刀放在桌子上说道。

“哦。”

“而且……”

“嗯？”

“海豚也是各有各的性格。”

“性格？”

“有的海豚经过训练便可以佩戴吸盘；有的海豚绝对不戴。它们千差万别。”

古纲想到富士的顽固性格，心情沉重了起来。

“富士会讨厌人工尾鳍吗？”

“这个我也不知道，又不能去问它。”

平子先生将剪下来的带子做成圈，使其能够固定住。

“平子先生真是什么都能做啊。”

古纲看向平子先生的手。

平子先生手很灵巧，在水族馆被称为“平子建筑店”。像小器具、展示用的架子等，他什么都可以做出来。

“做好了。”

平子先生将带子缠在脚上，确认脚感。

“那是什么啊？”

“明天开始富士的异物穿戴训练。”

“异物，训练？”

“为了让富士能够装上人工尾鳍，先要从这个带子开始训练。”

“这么回事啊。就是一点点让富士习惯尾鳍上装有物品，对吧？”

“我们委托普利司通公司制作了尾鳍，但富士不喜欢戴。作为饲养员，这可有点说不过去。”

古纲的表情一下子变得明朗起来。

“它可是个顽固的海豚，要做好准备哦。”

“是！”

5. 第一个人工尾鳍

制作模型两个月后的9月，有一天，办公桌上的电话响了起来。

“喂，这里是海兽课。”

“这里是总务。植田先生在吗？”

“我就是。”

“邮件已经送到了，是普利司通公司发的。”

普利司通公司的邮件！一定是富士的人工尾鳍！

马上就过去！我慌忙跑向了总务。

“喂！东西到了！”

我一招呼，饲养员们就都聚集了过来。

连拆箱子上的胶带都嫌慢。打开箱子一看，里面有一个用黑色橡胶制作的尾鳍。

“人工尾鳍……”

我十分激动，普利司通公司真的为我们制作了人工尾鳍。

“好像有点小啊。”

一位饲养员说道。

这个人工尾鳍比真尾鳍小一圈。

富士已经有好几个月没有游泳了，这是为了适应它的体力而制作的。

“形状……是不是也有点不一样？”

这个人工尾鳍的形状很奇怪，看不出是三角形，外观与海豚的尾鳍很不一样。

但我觉得形状什么的无所谓。这可是世界上首个人工尾鳍。

“要把这个套在富士的尾鳍上吗？”

古纲朝橡胶尾鳍里面看去。

“就像穿鞋一样套上去。”

我也一起朝里面看。橡胶内部装着海绵。

“普利司通公司说这个海绵叫‘莫兰’，是吧？”

“莫兰吗？”

“齐藤先生研发的高性能海绵，是普利司通公司技术的结晶。”

“不愧是普利司通公司啊！”

古纲似乎没太明白，但听了之后挺高兴。

“这是为了不让富士的尾鳍直接接触橡胶。”

为了不伤到富士，加藤先生和齐藤先生下了很大功夫。

“将这个人工尾鳍像穿鞋一样套进去，在相当于脚踝的位置用皮带固定住。”

“这样啊！”饲养员们一起点了点头。

安装试验在明天。我十分高兴，那天把人工尾鳍带回了家。我想抱着它睡觉，但又怕一翻身压坏了，便作罢了。

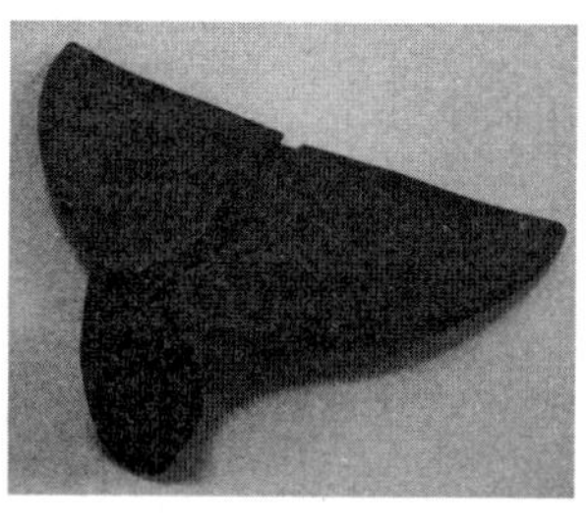

第二天，普利司通公司的加藤先生和齐藤先生本应来看我们安装第一号尾鳍的，但9月份的冲绳是台风经过的位置，这个周末也因台风的原因，所有航班都停飞了。

我们决定将安装人工尾鳍的情况拍成视频，送给不能前来的加藤先生看。

我们将富士所在的水池中的水放掉，并将水位保持在膝盖左右的高度，以便安装人工尾鳍后能够马上灌满水。

饲养员们都聚集在富士身边，看着它。

古纲拿着人工尾鳍来到了富士身边。

“哗啦！”

“哇！它溅了我一身水！”

虽然不能游泳，但富士这种时候反应还是很好。

肥胆妈妈对看不上的人还是很刻薄的。

“古纲可能不行。”

“让我试试。”饲养主任外间说道，然后从古纲手中接过人工尾鳍。

外间先生是位老练的饲养员。他十分了解富士的性格，能够很好地驾驭富士。

“海豚能够分辨出不同的人啊。”

古纲有点不高兴地说道。

“是啊，特别是讨厌的人，记得更清楚。”

我说道。

作为兽医，我只有在抽血、打针时才会接触海豚。

这也都是给海豚带来痛苦的时候。

所以我感觉海豚们应该十分讨厌我们。我们这么关心海豚，却遭到它们的讨厌，有时感觉这个工作很不划算。

“富士。”

外间先生叫了声富士的名字。

“这没什么害怕的。”

外间先生让富士看了下人工尾鳍。

外间先生在与海豚交流方面做得真是好。富士很信任外间先生。只要他露出笑容，富士也能够安心。

“古纲，异物安装训练没问题吧？”我问道。

古纲在一旁做了个胜利的手势。

“没问题。多亏了平子先生的‘循序渐进法’。”

平子先生听到我们的对话，开心地笑了一下，说道：

“先是让富士触碰带子，然后缠上带子让它游泳。之后做成‘兜裆布’……”

“兜裆布？”

“对，就是兜裆布，你不知道吗？就是老爷爷们穿的日式内裤。”

“这个我知道。”

“做一个像‘兜裆布’似的布，然后不断加大布料，增加接触富士的部分。”

“这就是‘循序渐进法’吗？”

“但富士并没有我们担心的那样讨厌它。”

“富士可是个肥胆妈妈啊。”

我看向富士。

“请看一下平子先生和我的特训成果。”

古纲开心地说道。

外间先生将人工尾鳍顺利地套在富士的尾鳍上。富士并没有挣扎，一动未动。

“它知道我们在做什么吗？”古纲问道。

“大概不知道把。也许只觉得还是在做异物训练。”

我帮助外间先生用皮带将人工尾鳍固定住。

安装完成。到底结果如何？

“灌水！”

随着一声令下，海水涌进了水池中。

“轰隆！”

水花飞溅中，水面一点点上升起来。大家都注视着富士。富士还没有动。

大概是因为被大家看着感到不自在，富士开始动了。

扭来扭去……

“又是横着摆动……”

古纲失望地说道。

但就在这时……

“哇啊……”

一个女饲养员叫了出来。

富士上下摆动尾鳍，开始海豚式游泳了。

“简直不敢相信！”

“太好了！”

“它在游！”

大家都十分高兴，纷纷喊了起来。

太好了……

我没有说话，只是感动地看着眼前的情景。

这是时隔十个月再次看到的富士的海豚式游泳。

富士在上下摆动尾鳍，拼命地推着水。它应该已经发现自己与以前不同了，只要摆动尾鳍，就可以向前游动。

富士并没有排斥人工尾鳍，还在继续游着。

“对，就是这样，富士，你是可以游的。回忆起来了吗？你是可以游泳的！”我在心中不断说道。

首次的人工尾鳍十分成功。

我马上带上拍摄好的录像前往东京，迫不及待地想拿给加藤先生他们看。

在普利司通公司的会议室，屏幕上播放着我带来的录像。大家都以不安的表情盯着画面。

但看到富士摆动尾鳍游泳的情景后，大家都欣慰地笑了。

“我还担心富士装上尾鳍后，会不会因为太重而沉下去。”

“我担心富士一摆动尾鳍，脊梁骨就会折断。”

普利司通公司的人放下了心。大家都体会到了面向生物做开发的可怕和困难。

加藤先生就像看到难以置信的情景似的一直看着画面。许久，他终于说出话来：

“因为听说海豚讨厌被装上异物，所以我担心富士会不会拼命挣扎，不让安装人工尾鳍。”

其实，我在心里有一半是在期待富士会挣扎。要是富士挣扎着不让我们安装人工尾鳍，我们也就不用安装了。决定不安装的是富士，而不是加藤先生。如此一来，反而轻松了。

自从与我见面后，九个月间，加藤先生将休息日全部用在了富士的身上。在制作这个世界首例的人工尾鳍时，完全没有可以参照的资料。橡胶的种类、硬度、大小、形状、安装方法……全部需要自己去考虑。

从零开始制作东西是非常困难的。加藤先生他们一定也是疲惫不堪。

但是加藤先生对我说：

“我们会为富士制作更好的尾鳍。”

到了这个地步，作为技术专家不能却步。加藤先生他们好像感受到了挑战世界首例的乐趣。

“问题是安装方法。”

“现在是将皮带缠在相当于脚踝位置的尾鳍根部。估计富士游起来会很不方便。”

“皮带的部分再想想办法吧。”

饲养员平子先生与古纲一起抚摸着人工尾鳍。

平子先生一直注视着人工尾鳍的里面。

“怎么了，平子先生？”我问道。

“嗯，感觉有点大啊。”

“大？”

“给富士装上后，估计‘咣咣当当’的。”

古纲也一起向里面看。

“但是这里面是按照富士的尾鳍形状做的，大小应该是一样的啊。”

“本来应该是正好的，但实际上还是大。”

被称为“平子建筑店”的平子先生看东西是十分准的。

“当时制作人工尾鳍的模型时，富士也很抗拒的吧。”

我回忆着当时的情景，说道。

“它当时拼命挣扎，尾鳍也很用力。”

古纲也记得当时的情景，点了点头。

“是不是因为富士在里面乱动，把粉色的油灰挤出来了？就像这样‘咣当’来‘咣当’去的，把模型给撑大了？”

我晃动着手腕，学了一下富士晃动尾鳍的样子。

“是啊，所以模型才变大了吧。人工尾鳍也就跟着变大了。”

“你说变大了啊？”

“有点大。”

平子先生看着人工尾鳍。

“在里面填入莫兰海绵是否就没事了？”

古纲提出了一个方案。

“估计无法解决根本问题。”

被平子先生这么一说，古纲立刻蔫了。

“要不再做一次模型？”

平子先生问道。

“但富士一定还会乱动的。”

我说道。

“还是无法解决根本性问题。”

古纲说道，但被平子先生敲了一下头。

“好痛……平子先生手巧，能不能给改进一下？”

古纲一边摸着头，一边说。

“我又不是雕刻家，我怎么会？”

雕刻家。

说起来，上中学时，音乐教室里摆着一尊贝多芬的石膏像。也不知道那到底与真人像不像。

制作这个雕像的人能够制作出自己所看到的东西。这是一种特殊能力。那样的人，也许能够制作出与富士相同的尾鳍。

那样的人，那样的人……

“怎么了，植田？”

“有了！”

“啊？”

“有啊，雕刻家。”

“你有那样的朋友吗？”

有个人以海豚为主题创作过作品，还来过一次水族馆。不知道能不能拜托他制作。

“那敢情好啊，植田先生！”

古纲从椅子上站起来说道。

“要是那个人能帮我们制作，就再好不过了。”

平子先生也表示赞成。

“那我去联系一下。”

我与住在大阪的造型设计专家药师寺联系后，

他马上就同意了我的请求。

“之前在我很苦恼的时候，海豚曾经帮助过我。”

药师寺先生继续说：

“所以现在终于可以报答了。请一定让我帮忙。”

药师寺先生马上就来到了冲绳。

药师寺先生与我同龄，面容温和，就像一位韩国演员。

我将普利司通公司制作的富士的尾鳍模型交给了他。

形状像一个小团扇。

这个模型本应与富士的尾鳍一模一样的。

“这是按照富士的尾鳍形状制作的模型。”

药师寺先生只看了一眼便发现这个模型与富士真正的尾鳍不同。

“这个有点厚。取样时，富士的尾鳍是不是上下摆动了？”

正是这样。不是左右摆动，而是上下摆动。

“我们是要按照这个模型制作人工尾鳍，所以必须与富士的尾鳍一模一样，否则无法做出适合富士的人工尾鳍。”

药师寺先生充满信心地笑着说道。

“交给我吧。”

药师寺先生来到水池旁。

古纲提着装有小鱼的水桶，招呼富士过来。

“不装上人工尾鳍，它就会左右摆动身体。”

看着像蛇一样左右摆动着游过来的富士，古纲向药师寺先生解释道。

“人工尾鳍每天都要装上吗？”

“是的。但每天只戴十五分钟，因为怕擦伤它。”

特别是不适合富士的人工尾鳍，更不能勉强安装。

“一定能做出好的人工尾鳍。”

药师寺先生看着富士说道。

不知是因为心情好，还是对药师寺先生感到亲近，我们来到水池边后，富士老老实实地让药师寺先生抚摸着它的尾鳍。

药师寺先生反复抚摸着富士，温柔地用手指感受富士的尾鳍。

不光是要观察，还要用手去一点点感受。

药师寺先生离开水池边，来到办公桌前，用面前的石膏重现留在手上的触感。

他用雕刻刀一点点将石膏雕刻成富士尾鳍的模样。

过了一会儿，他又去抚摸富士的尾鳍，然后回来继续雕刻。然后再去抚摸，再回来雕刻。就这样不断重复。

药师寺先生反复去水池边抚摸富士的尾鳍。他想要完美地再现富士的尾鳍。

“做好了！”

整整三天，药师寺先生几乎没好好吃饭，终于为我们做出了一个完美的富士尾鳍模型。

“好棒！”

古纲看着做好的完美模型，兴奋得喊了出来。

“真是金手指啊，神仙之手。居然真的有人能够做出这样的模型来啊。”

我也感到很佩服，对药师寺先生的专注力更是感到吃惊。

“得快一点完成，富士还等着呢。”

药师寺先生看到古纲高兴的样子，开心地笑了。

“啊，对了，植田先生。”

“嗯？”

“这是第一号人工尾鳍吗？”

“是啊。”

“这真是不能原谅啊……”

药师寺先生显露出生气的表情。

“那个，不能原谅是指什么？”

古纲惶恐地望着药师寺先生的脸。

“难以想象用这一坨橡胶当作海豚的尾鳍。”

看上去确实像一块三角形的橡胶。

“那么有名的普利司通公司做出这样的人工尾鳍，有点说不过去吧。”

我心里说道：“这才只是第一号人工尾鳍，一开始还达不到那么完美的标准。”

“这就好比让优秀的运动员穿靴子比赛一样。”

“靴、靴子？”

“对，靴子。穿上这个东西，会游泳的海豚也游不好了。”

药师寺先生的作品生动地表现出了海豚游泳时的样子。

对于药师寺先生这样的艺术家来说，普利司通公司制作的这个人工尾鳍是不能原谅的吧。

原来药师寺先生是个十分热血的人，这与他温和的面容形成了鲜明的对比。

“植田。”

“嗯？”

“让我做一个人工尾鳍怎么样？”

“啊？不，那怎么能行！”

“我并不是要与普利司通公司作对。我只是想让大家更加了解海豚的美丽和聪慧。”

面对这样的热情，我能够阻止吗？

“我期盼富士能够早日重新游泳。”

药师寺先生留下这句话后，返回了大阪。

6. 改良

多亏了造型设计专家药师寺先生，富士尾鳍的模型制作得十分完美。

这样一来，普利司通公司也放下心来，开始了人工尾鳍的改良。

继第一号靴子型人工尾鳍之后，普利司通公司又开始摸索第二号人工尾鳍的方案。

普利司通公司似乎也意识到靴子型人工尾鳍需要改进，于是决定将其改为大小和形状都与真正的海豚相近的人工尾鳍。

“生物的形状都是有意义的。”

电话里传来普利司通公司的加藤先生的声音。

海豚的尾鳍是为了能够更快地游泳，经过数万年进化而来的。因此，还是真正的尾鳍最好。

“但我们不清楚真正的海豚尾鳍的形状。”

这也是没有办法的事。加藤先生平时都是搞汽车、发动机、机械方面的研究。对于生物，尤其是海豚来说，他完全是门外汉。

“加藤先生，我们这儿倒是有个死了的海豚的尾鳍，不知道能不能派上用场。”

“死了的……海豚？”

“只是将尾鳍放在福尔马林中保存着。”

“植田先生，能不能把那个借给我们？”

加藤先生的声音突然变得响亮起来。

“普利司通公司有测量3D立体物体的设备。我们可以用这个设备测量那个在福尔马林中保存的尾鳍，记录下长度、宽度、厚度的数据。这样就可以做出相同的尾鳍了。”

太好了。

我挂断电话后，马上去了标本仓库。

我在仓库后面找到了用福尔马林保存的尾鳍。

那是与富士很要好的瓶鼻海豚小德的尾鳍。

“你在干什么呢，植田？”

“啊，外间先生。”

我向饲养主任外间先生说明了自己与普利司通

公司商议的内容。

“真的吗？小德的尾鳍能派上用场？”

外间先生帮我把小德的尾鳍搬了出来。

“真是有种宿命感啊。”

“是啊。”

外间先生似乎回想起小德生下小海豚时的情景。

那是令人难以忘记的事。

小德的身体很弱，却成了母亲。但生下小海豚后，小德没有与孩子一起游泳。

刚生下来的小海豚只能自己待在水池中。

而这时，富士来了。

富士来到小海豚身边，与它一起游了起来。而且富士还给小海豚喂奶。

当时我们都不敢相信。其他海豚都是只喂自己的孩子。

富士养育了小德的孩子一个多月。直到小德能够与它一起游泳为止。

富士。关心伙伴的富士。

“那时真是很令人感动啊。”

外间先生看着小德的尾鳍说道。

“没想到会出现那样的事啊。”

我也看着尾鳍。

“这回算是小德的回报了。”

“是啊。”我点了下头。

小德报恩，为了让善于育儿的富士能够重新与小海豚们一起游泳。

冥冥之中自有天意。我们都感到小德似乎是为了报答富士养育自己的孩子之恩，才留下了自己的尾鳍。

“植田先生，不好意思，有点事要拜托您。”古纲对我说道。

看他神情有点奇怪。

“怎么了？”

“富士它……”

我们来到水池边一看，平子先生正提着富士的尾鳍看。

“是不是有点拉扯得太严重了？”

富士的尾鳍上出现了一点划伤。

“对不起。”

古纲立刻低头道歉。

“你一定是想要富士早点习惯人工尾鳍吧？”

平子先生护着古纲说道。

“对不起，今天戴的时间有点长了……”

我们规定每天佩戴人工尾鳍的时间为十五分钟。但为了能让富士早日游泳，为了富士能够习惯人工尾鳍，古纲似乎有点着急了。

“没事没事，这点划伤消毒后就能治好了。”

“那个，不会再腐烂吧？”

古纲有点担心地看着我问道。

“那可不好说啊。”

我故意捉弄他，说道。

“啊？！”

古纲当真了，神情一下子低落下来。这家伙的心思真是简单。

幸好富士尾鳍的划伤很快就痊愈了。

但第二天，富士的反应有点不一样了。

“我把人工尾鳍拿过去，富士却不到水池边来了。”

古纲沉着脸报告道。

“它是不是开始觉得人工尾鳍很痛啊？”

古纲看上去十分消沉。

“找外间先生或者平子先生也不行吗？”

“不行。给它看小鱼的水桶就会游过来，但拿出人工尾鳍，它就会游到远处去。”

“怎么办？普利司通公司马上就要带来新型人工尾鳍了。”

“我找人想想办法。”

“什么叫找人想想办法？赶快自己去想办法！”

“但是你看，富士完全不信任我……”

“别放弃，要争取让它信任。”

“哦。”

古纲垂头丧气地走了。

加油哦，新人。

2004年3月，普利司通公司带着新的人工尾鳍来到了水族馆。

这个新型人工尾鳍是仿照小德的尾鳍设计的，与靴子型人工尾鳍完全不同。它与真正的海豚尾鳍形状相同。

安装方法也不一样了。这次是用两根细皮带交叉固定的交叉皮带型。这样一来，富士也应该能够自由自在地游泳了。

外间先生、平子先生和古纲三个人站在水池边唤着富士。

但富士讨厌人工尾鳍，根本不靠近水池边。

“喂，快想想办法！”

我低声对古纲说道。

“想什么办法啊？富士根本不过来。”

古纲也低声答道。

“不好意思，请放干水后再安装吧。”

外间先生决定先将水池中的水放干。在没有水的水池中，富士便无法活动，趁这个时间给它装上人工尾鳍。

外间先生似乎因为无法叫富士过来而显得有些焦躁。

大家在没有水的水池中将交叉皮带型人工尾鳍装在了富士的身上。

两根皮带轻松地固定住了。

富士开始游了。原本像蛇一样左右摇摆着游泳的富士，装上人工尾鳍后，开始海豚式游泳了。

“哇，太柔软了。”

普利司通公司的加藤先生看到富士的泳姿后，失望地说道。

由于橡胶过于柔软，富士推动水时尾鳍便软绵绵地弯了下来。

“我们准备了两种硬度的橡胶。”

但即使是较硬的橡胶，也抵不过富士推水的力量。

“看这样子是太软了，怎么摆都游不动的感觉。”

“其他海豚只要摆动两三下就能游出很远。”

只见富士手忙脚乱地拼命摆动着尾巴，但并没有游出很远。

“是不是应该用更硬一点的橡胶？”

“皮带部分好像也会阻碍水流。”

大家一边看着富士游泳，一边发表意见。

“那个……”

我犹豫了一会儿，终于决定说出来。

“要是可以的话，能不能测试一下这个人工尾鳍？”

我说的是造型设计专家药师寺先生用聚碳酸酯（PC）增强塑料制作的人工尾鳍。

药师寺先生曾对我说：“让我做一个。”

然后他真的做了一个人工尾鳍。

据说返回大阪后，药师寺先生将自己的作品搁置一旁，一直在做这个人工尾鳍。

“好漂亮啊！”

普利司通公司人感叹道。

是的，这个人工尾鳍的形状真的很美。

药师寺先生在制作富士的尾鳍模型时，也去抚摸了富士的孩子们的尾鳍。

“海豚的尾鳍、背鳍的形状都是不一样的。富士的孩子们的尾鳍都是呈圆弧形的。”

药师寺先生这样告诉我。

这个塑料尾鳍与富士的孩子们的尾鳍的形状是完全一样的。而且，这个由聚碳酸酯制成的人工尾鳍是白色、半透明的。它美丽的样子堪称“艺术作品”。

“这是什么材料？”加藤先生问道。

“是一种叫作聚碳酸酯的增强塑料，还用于飞机的舷窗，不会碎裂。”

而且这个尾鳍的安装方法很独特。

聚碳酸酯尾鳍像贝壳一样张开，然后将富士的尾鳍夹住。

“真厉害啊。”

普利司通公司的人都吃惊地看着这个人工

尾鳍。

“我很想看看它的效果。”加藤先生说道。

我们马上把这个人工尾鳍装在了富士的尾鳍上。

“看上去好像能游得很快啊。”

药师寺先生的贝壳型人工尾鳍由于外侧没有皮带，所以基本不会产生水的阻力。富士与其他海豚一样，畅快地游着。

“稍微有点硬。”

虽然药师寺先生尽量将聚碳酸酯材质做得很薄，但由于其硬度较高，无法像真正的海豚尾鳍一样弯曲。

直着游倒是没问题，但当富士改变方向时，就有点慢。

“用橡胶太软。用聚碳酸酯又太硬。但看现在这个样子，感觉可以再把橡胶做得硬点。”

加藤先生似乎得到了什么灵感。

“在橡胶里面加入硬芯怎么样？”

然后还有一点。

贝壳型人工尾鳍的安装方法也给了普利司通公司的人们很大的启发。

这是药师寺先生怀着对海豚的爱而创作的“艺术作品”，它在普利司通公司的技术专家心中点燃了一团火。

“太丢人了！”

普利司通公司的人返回东京后，外间先生叫来平子先生和古纲开了个会。

“好不容易拜托普利司通公司为我们制作的人工尾鳍，富士却不愿意戴。这是我们作为饲养员的耻辱。”

平子先生低着头没有说话。

古纲本身就不能指挥富士，似乎从一开始就已经放弃了。

这时，海兽课的宫原课长走来，直接说道：

“古纲。”

“在。”

“你负责训练富士。”

“啊？我吗？我不行啊。”

“有什么不行的？”

“富士只听外间先生的话，是头很顽固的海豚。”

“所以你要争取让它听你的话。”

“不是，那个……”

“由你带头，争取顺利完成这个人工尾鳍项目。”

“啊……好，好的。”

古纲回到了我旁边的办公桌前。

“课长说了什么吗？”

“真愁人啊。”

“怎么了？”

“说让我训练富士。”

“啊？”

“我根本不行，那么顽固的海豚。今天也是，完全不听我的指挥。”

“然后呢？”

“宫原课长说让我带头干。”

古纲有点高兴地说道。然后他又说道：

“我头一次做负责人。”

作为新人来到水族馆后，古纲的工作一直都是准备饲料、收拾水池。

而他现在可以负责海豚了。这就意味着他不再是作为助手听从指挥，而是要负责海豚的训练等所有事情。

“这不挺好吗？”

我戳了一下古纲。

“啊，嘿嘿，是啊。”

古纲一直开心地笑着。

7. 古纲与富士

第二天，古纲与富士的特训开始了。

让富士接受人工尾鳍。

等下次普利司通公司的人来的时候，要让富士能够好好地穿上人工尾鳍。

“不用怕。”

古纲像前辈饲养员外间先生那样微笑着等待富士。

等待，耐心地等待。

富士完全不理古纲，在水池中央呆呆地漂浮着。

“可恶，这个家伙！”

古纲心里这样想着，但没有说出来。就连表情也不敢显露出来。他只是一直保持着微笑，等着富士对自己感兴趣。

等着等着，他开始感受到一些事情。

“硬安上去，任谁都不会愿意。”

水池中的水被放干，富士被人按住，然后被装上人工尾鳍。

即使这样能使它能够游泳了，也只是人类的自我满足而已。

“如果不是富士自愿穿戴的人工尾鳍，那就称不上是好的人工尾鳍。”

过了好几天，古纲一直在水池边等着富士过来。

渐渐地，富士开始一点点靠近水池边。

“好。”

古纲拿着人工尾鳍，碰了一下富士的尾鳍。

“哔！”

古纲吹了下口哨，表示“OK”，然后给富士小鱼吃。

“那就 OK 了吗？”

我正好路过，看到这一情景后问道。

“啊，植田先生。”

“它都到水池边了，抓住尾巴装上不就行了？”

“那样硬来可不行啊。”

古纲信心满满地说道。

“与异物安装训练时相同，这个是‘循序渐进法’。而且……”

“而且？”

“我认为，如果不是富士自愿穿戴的人工尾鳍，那就称不上是一个好的人工尾鳍。”

古纲看着从水池边游开的富士，表情中甚至透露着轻松。

不错啊，这个新人渐渐明白过来了。

由于古纲不勉强给富士穿人工尾鳍，富士也逐渐开始信任他。古纲做出手势后，富士也会乖乖地游到水池边。

但古纲还不给富士穿人工尾鳍，他只是不断加长人工尾鳍触碰富士尾鳍的时间。

一点点，一点点，终于有一天……

一开始，富士用怀疑的眼神看着古纲，做好了随时逃走的准备，但最终，富士还是来到了水池边，保持不动。

古纲小心地将人工尾鳍穿在了富士的尾鳍上。

“好样的！”

“哔！”

古纲用力吹了下口哨，表示“OK”。

富士逐渐不讨厌人工尾鳍了。

“穿上这个游得更快。”

它似乎开始理解人工尾鳍的作用了。

从这个时候开始，即使脱掉人工尾鳍，富士也不会像蛇一样左右摇摆着游泳了。

富士终于开始大幅度摆动自己小团扇似的尾鳍，进行海豚式游泳了。

“能不能把富士放在浅水池中？”

古纲向平子先生问道。

浅水池现在与富士所在的海豚潟湖的主水池相连，水位只到成人的膝盖左右，就像儿童游泳池一样。

在召开海豚观察会时，会让海豚进入浅水池。这样客人们能在近处观察海豚。

“浅水池，没放进去过。外间先生也没教过富士吧。”

“如果在浅水池，是不是更容易安装人工尾鳍了？”

“这倒是个好主意。”

“是吧？”

“但富士从来没进去过，不知道行不行。”

“富士的女儿可妮、儿子乔奥和琉都能进去，富士应该也没问题吧？”

“浅水池与主水池之间，不是有一处像门槛似的高起来的部分吗？富士能越过去吗？”

平子先生用手比画了一下海豚跳越的动作。

“富士会害怕吗？”

“它的尾鳍已经那样了，知道自己游不好，到了陌生的地方也许会感到害怕。”

“我试试训练它一下，行吗？”

“哦，挺有干劲的嘛。”

于是，古纲与富士的浅水池训练开始了。

古纲站在浅水池的门槛上，向主水池中的富士亮出了黄色旗标。然后让来到身边的富士触碰旗标。接着吹响口哨："哔！"

然后古纲将旗标的位置一点点移到浅水池中。

富士为了吃小鱼，只能不断触碰旗标。

"接下来就难了。"

古纲向站在一旁观看的我说道。

"它觉得碰不到了，就会游回去。"

古纲站在浅水池中等着富士。富士看着古纲手中的旗标，稍稍看到远了，就会返回主水池。

"你输给富士了啊。"

"我以为已经一点点得到它的信任了。"

"还差得远呢。"

"是吗？"

"它可是肥胆妈妈，不做好心理准备可不行哦。"

"知道了。"

古纲继续着他的挑战。

干劲十足的古纲与富士开始了另一个训练。

这是一个叫扭摆的动作。

"还是可妮的扭摆跳得高啊。"

一旁，平子先生正在训练富士的女儿可妮的扭摆。可妮的尾鳍很有力，它的跳跃高度在冲绳美丽海水族馆中也是数一数二的。

扭摆是指饲养员站在水池边上，向前伸出手，让海豚朝着手心的方向竖立起来游泳的动作。因为海豚用嘴触碰饲养员的手的动作貌似扭摆舞，因此而得名。

“富士能不能扭摆呢？”

古纲看着可妮说道。

“喂，富士，过来。”

富士看到古纲的手后，稍稍浮起了身体。

但它马上作罢，转向了一边。

“之前是会扭摆的吧？”

“之前是会的，按理说应该记得。”

“它是不是已经放弃了，认为自己不会了？”

“再怎么推水，身体也上不来。富士自己也清楚这一点。”

“这样啊……”

古纲看着富士。

富士躲开古纲的目光，在水池边徘徊着。

“来，富士，再来一次！”

古纲伸出手掌，朝着水面。

富士看着古纲的手势，不耐烦地动了下身体，但只是稍稍上来一点，就又立刻放弃了。

“你能行的，别放弃啊，富士……”

从第二天开始，古纲的上班时间提前了。

“这么早啊！”

晚上值班刚起床的我睡眼惺忪地看着古纲。

“早上海豚的状态好。”

“早训吗？你要干什么啊？”

“装上人工尾鳍，训练富士扭摆。”

“扭摆？”

“一天让它做一次漂亮的扭摆，我想让它想起自己是能够扭摆的。”

“不要太勉强哦。”

“好的！”

古纲拿着交叉型人工尾鳍跑到了水池边。他像变了一个人似的，干劲十足。

到了 5 月，古纲与富士的早训逐渐有了成效，富士也逐渐掌握了扭摆。

这天，古纲与平时一样，早早地来到水池，与富士进行训练。

“你已经不排斥人工尾鳍了啊，好样的。”

富士还不能进入浅水池，但已经可以听话地在水池边穿上人工尾鳍。

“来，开始吧。首先是‘叫’。”

古纲做出手势后，富士从鼻孔发出声音，“哒哒”地叫起来。

先是从简单的动作开始热身。

“好，接下来是‘扭摆’。”

古纲挺直身体站在水池边。但古纲个子较高，考虑到富士的力气，他又弯下腰，将手掌放低。

富士朝着古纲的手掌踢水触碰。

“还差一点。还差五厘米……”

今天的眼神很好。没有干劲时的富士总是流露出“好麻烦啊”的神情。

但是它今天很有干劲，似乎下决心一定要触碰到手掌。

只见富士一下子将身体顶出水面。

“还差一点，加油！”

“哗啦！”

紧接着，富士直接掉入了水中。

“啊，怎么回事，怎么回事？”

富士一溜烟似的逃走了。

水池中的其他海豚也与富士一样，发疯似的逃走了。

到底是怎么回事？古纲完全不明白。

富士肯定不是自己放弃的。今天的富士充满了气势。但这是为什么呢？

古纲向脚下的水池一看，人工尾鳍掉在了水底。

“哇，脱落了？”

人工尾鳍是在富士扭摆时脱落的。

其他海豚根本不知道富士戴着人工尾鳍。它们以为富士的尾鳍一下子掉了下来，都被吓跑了。

"哎呀!"

但现在没有时间犹豫了。如果人工尾鳍上的零件损坏了,会被海豚们误食。

"有什么棒子类的东西吗?"

古纲四处看了一下,根本没有那么方便的工具。

于是,古纲直接跳进了水中。

早训时的古纲仍穿着牛仔裤。

回家时可怎么办?

冲绳现在已经是盛夏,估计到傍晚之前衣服能晾干吧。

"植田先生,植田先生!"

"怎么了,古纲?这么早干什么啊?"

"交叉型人工尾鳍脱落了。"

"什么?"

"我在训练富士做扭摆时,人工尾鳍一下子就'扑通'掉了!"

"掉了?"

“对。”

“呼。”我大大地吐了口气。

“得和普利司通公司联系。”

“他们能修好吗？”

“必须修好啊。”

“安装方法有什么问题吗？”

“交叉型人工尾鳍无法用力捆绑，只能让他们再想想其他方法。”

“但是，还有其他安装方法吗？”

古纲看上去很担忧。

“我会让他们想办法的。在这之前，你尽量让富士游泳，不要太过勉强。”

“好的。”

到底有没有新的安装方法？

8. 新的目标

普利司通公司的反应很快。6 月份已经完成了下一个人工尾鳍的制作。这是富士将交叉型人工尾鳍脱落后的一个月。

“我们在橡胶尾鳍中加入了芯板，这样游泳时就不会软软地弯曲了。”

普利司通公司的加藤先生亲自将新人工尾鳍带到了冲绳，并向我们解释道。

“真的是啊，和之前很不一样了。”

古纲用手抚摸交叉型人工尾鳍，并将其与新的人工尾鳍进行了比较。

“还有安装方法。这次不用皮带，改用其他方法了。”

加藤先生从皮包中取出一个黑色的东西。

“这是什么啊？”

这个东西的形状从未见过。它的形状很奇怪，就像一个大的回旋飞镖被团起来的样子。

“这是用一种叫作碳纤维的不易损坏的材料制作的。”

“啊，这是 F1 赛车上用的东西吧！”

喜欢车的古纲开心地说道。

“是的。普通的汽车都是用铁做的。而赛车需要减轻重量，所以车身是用碳纤维制作的。”

我从加藤先生手中接过这个黑色物体。

“好轻啊。”

看上去很重，拿在手中却意外的轻。

“哇，真的啊。”

古纲也拿起来掂量了一下，显得有些吃惊。

“而且还很有弹性，能弯曲。”

加藤先生用手压住这个团起来的回旋镖给我们看。

它不会像镊子那样开合。

“将这个东西这样扣在橡胶尾鳍上……”

加藤先生将这个黑色物体扣在了新的橡胶尾鳍上。

“然后在这里用两颗螺丝固定。”

只见加藤先生又从皮包中取出螺丝。

“厉害啊。”古纲不禁喊了出来。

橡胶与碳纤维结合在一起了。

据说这是普利司通公司的齐藤先生在浴缸中泡澡时想到的方法。

这个人工尾鳍的表面基本没有凹凸，形状与海豚的尾鳍几乎一模一样。

这也许是受到了药师寺先生的贝壳型人工尾鳍的启发。这样的人工尾鳍想必药师寺先生也会满意。

“水的阻力也很小啊。”

古纲很是兴奋。

“而且不会脱落。”

看着古纲高兴的样子，加藤先生也很开心。

“不知道该给它起什么名字。”

加藤先生向大家征求这个人工尾鳍的名称。

“叫整流罩型怎么样？”

喜欢车的古纲提议道。

为减少空气阻力而罩在飞机发动机上的外罩叫作整流罩。F1 赛车的车身也叫这个名字。

F1 赛车是为了跑得快，而富士的人工尾鳍也是为了减少水的阻力，游得更快。整流罩型这个名字正合适。

“不错啊，整流罩型。就用这个名字吧。”

大家都很赞成。

“现在就去给富士穿上试试吧。”

我们拿着整流罩型人工尾鳍来到了水池边。

古纲叫富士过来。

进入浅水池的训练还在继续。但富士因为害怕还是进不去。

所以今天只能在水池边安装人工尾鳍。

富士横躺在水池中。

“它很警惕啊。”

富士紧绷着身体，摆出随时逃走的姿势。

但在我们为它穿上人工尾鳍、固定螺丝时，它并没有挣扎。

“哔！”古纲吹了下“OK”的口哨。

与此同时，我潜入水中，准备拍摄富士在水中的动作。

“这，富士它……”

真是难以置信。我在水中分不清哪个是富士了。富士完全与其他海豚一样地在游泳。

在穿戴靴子型以及交叉型人工尾鳍时，富士都是慢吞吞地游泳。但是这次不一样了。富士只摆动两下尾鳍后，便能游得很远，它在水中舒畅地游着。

太平洋短吻海豚小壮来到富士的身边，与它一起游了起来。

“嗖，嗖，嗖……”

摇动尾鳍的频率、次数、向前游动的姿势、向右转时的样子、将头露出水面呼吸时的样子等，富士与小壮都以相同的姿势扭动身体、摆动尾鳍。

真的难以置信……

富士，与伙伴们一起游泳的富士。

我曾多么期望看到这一刻啊。

“植田先生！”

我浮上水面后，古纲叫道。

“怎么样？”

加藤先生他们也担心地看着我。

我大声回答道：

“分不清哪个是富士！”

大家的脸上一下子都绽放出了笑容。

“太好了！”

古纲喊了起来。

加藤先生满意地看着富士。

富士时而将头露出水面换气，似乎在与大家打招呼。随后，它不知疲倦地在水池中游着。

“富士变得苗条了啊。”

会上，加藤先生说道。

真的是这样。这个时期的富士由于运动量增加，体重也很快减轻了。

“这回也不用担心因为生活习惯不好而生病了。人工尾鳍有效果了。”

今后不用担心富士变胖了。

普利司通公司为我们制作了人工尾鳍，使富士能够重新与伙伴们一起游泳。作为兽医，我简直不知道如何感谢才好。

“富士今天也一直在游啊。”

加藤先生说道。

“即使没穿人工尾鳍，富士也是用海豚式泳姿游泳的。”

古纲汇报了富士的情况。

与此同时——

“富士游泳了？”

说话的是鲸类研究专家大谷博士。

虽说是博士，但大谷比我小两岁，我一直把他当作弟弟看待。

“博士，不要那么沮丧嘛！”

我和古纲安慰着大谷博士。

“我特意从东京过来，就是为了取富士游泳速度的数据，可是……”

“一定要采集好数据，证明人工尾鳍的好处。”

这是与内田馆长的约定。大谷博士是研究游泳速度的权威人士。他为了收集数据一直在做准备，特意从东京赶来了。

大谷博士对收集数据是有信心的，但是……

“那个海豚哪里是在游泳，分明是一直在浮着。”

“噗！”

古纲忍不住笑了出来。

大谷博士显得很失望。

当时富士正穿着整流罩型人工尾鳍与伙伴们一起游泳。在富士的身体上戴上了一个叫作数据记录器的小型电脑后，富士不再游泳，而是浮了起来。它还特意地游到大谷博士所在的水池边上。

那样子好像是在说：“快来收集数据吧。”

“富士当时翻起肚子来给大谷先生看它戴着的数据记录器，是吧？”

古纲笑出了眼泪。

“到底是怎样啊？那头海豚翻起肚子说：‘喂，快收集数据吧。’”

古纲拼命憋住笑，点了点头。

“富士一定是讨厌自己身体上被戴上奇怪的东西。”

大谷博士遗憾地看着小型数据记录器。作为研究专家，他尽量不以人的感情来考虑海豚。但这次他感到富士向他传达了自己不愿意的心情。

“能让富士穿上人工尾鳍，是你训练的成果啊。”

加藤先生感谢道。

“这是所有饲养员共同努力的结果。”

古纲受到表扬，有点害羞地说道。

“完成了人工尾鳍，真好啊。”

大谷博士沮丧地说道。

“大谷先生，我一定好好训练富士。”

古纲安慰着说道。

“拜托了，古纲……”

人工尾鳍终于完成，会议充满了欢声笑语。

是的，人工尾鳍本应是完成了的。

整流罩型人工尾鳍完成后，古纲和富士都充满了干劲。

“听好了，富士，今后这就是你的尾鳍了。”

古纲对富士说道。

富士哪里听得懂日语？但比起从前，富士变得认真听古纲说话了。

“首先是这个浅水池。你要是能游进来，就能更方便地给你穿上人工尾鳍了。”

古纲向富士亮出了黄色的旗标。

富士看着旗标，显露出不耐烦的样子。

“好，过来。”

古纲站在浅水池中，向富士举起旗标。然后一点点、一点点地移动旗标，引导富士进入浅水池。

富士似乎掌握了要领，已经可以骑到浅水池入口处的门槛上了。

“还差一点，就这样滑入浅水池这边就行了！”

但顽固的富士可不会那么容易听话。只见它像石狮子似的骑在门槛上，好像是在嘲笑古纲的样子。

“啊，要过来了吗？”

像这样先让古纲期待一下，然后又“扑通”一声跳回主水池，仿佛是在说：“我才不过去呢。”

“还是不行啊。”

但是古纲没有放弃。他一次又一次地挑战，每天都在坚持。

古纲也不能退缩。这是与富士之间的较量。

“好，今天接着来。过来，富士！”

古纲举起了旗标。

富士还是骑在浅水池入口处的门槛上。估计它今天也还是想戏弄古纲。

但没想到它的力道有点大，本来是想骑上门槛，却没停住。

“哇啊！”

也不知是古纲的叫声，还是富士的叫声，只见富士径直掉入了浅水池中。

“哈？”

古纲很吃惊，富士也慌了。

不应该是这样的！

“哗啦、哗啦、哗啦！”

富士摆动着小尾鳍，在浅水池中扑腾着。

只见水花四溅，富士猛地逃了回去。

“成功了……”

站在浅水池中的古纲说道。

虽然只有几秒钟的时间，但富士确实进入了浅水池。

坚持了三个月，古纲终于胜利了。

富士已经知道自己能够进入浅水池。从第二天起，它开始一点点地尝试进入浅水池。

“没事，不要怕。”

富士进入浅水池后，古纲温柔地抚摸着它的身体，安慰着它。

富士信任古纲，克服了对浅水池的恐惧。

但高兴的日子只有短短几天。

“植田先生！”

这天，古纲慌慌张张地跑来喊道。

这次又是什么事？

“整流罩型人工尾鳍裂开了！”

什么？！

“裂开了是怎么回事？”

“我刚才给富士穿上人工尾鳍在浅水池训练。”

“然后呢？”

“然后就裂开了。”

“你这人，这么说话能听明白吗？再说详细点啊。”

“不，只有这些。我做出进去的手势后，富士就上来了。”

然后呢？

“感觉它这次比平时尾巴摆动得更有力。”

“然后？”

“等富士上来我一看，人工尾鳍已经裂开了。”

古纲带来了裂开的整流罩型人工尾鳍。

带来了就早点拿出来呀！

“哇，整流罩型坏得这么严重。”

只见橡胶尾鳍从中间裂了一个大口子。

我摸了一下橡胶尾鳍。

里面的一根横着的硬芯在三分之一处折断了。

“这可是碳纤维啊？”

“是啊。”

“这也会断吗？”

“这不就断了？”

是啊，断了。这是事实。

难道人工尾鳍还不算成功吗？还是不行吗？

“喂……”

我给普利司通公司的加藤先生打了电话。

在他工作时间突然打电话过去，我感到很过意不去，但现在已经顾不上这些了。

“什么？”

加藤先生吃惊得说不出话来。他似乎也没有想到人工尾鳍会这么快损坏。

“这样啊。”

加藤先生很冷静。

“实在不好意思，我没能履行约定，制作一个不会损坏的尾鳍。”

约定。一开始，我们拜托了普利司通公司几件事——“不要伤害富士的尾鳍。”“制作一个不会损坏的尾鳍，以免海豚误食碎片。”

“我们会加大整流罩型人工尾鳍的强度，使它不会损坏，然后马上送过去。”

加藤先生在电话中保证道。

古纲看着我，问道：

“怎么样？”

“加藤先生说，要加强‘整流罩型’人工尾鳍，然后马上送过来。”

“太好了。”

“是啊。但是拜托了哦，不要再弄坏了。”

“不是我弄坏的，是富士。”

富士的体力逐渐恢复了，推水的力气以及想要游泳的心情也变强了，在富士身边的古纲最清楚这一点。

“古纲。”

“嗯？”

“你是不是在计划什么啊？”

“啊？”

古纲应付着说道。

这个家伙，绝对是在计划着什么！

古纲的行为很奇怪。

这段时间，在旁边的办公桌前总是看不到他。

到底去哪儿了？那个家伙。

“古纲，到表演的时间了。哎？古纲呢？”

一位女饲养员来找古纲。

“刚才就没看到他。”

“好奇怪啊，更衣室里也没有。”

这时，古纲从海兽课建筑后面跑了进来。

“啊，不好意思！要开始表演了是吧？我现在就过去！”

“抓紧时间哦。”

古纲慌张地向奥基海豚剧场跑去。

“那个家伙，在后面干什么呢？”

“不知道啊。”

我们走到后面查看。

“啊！”

只见一个红白相间的条纹盒子被挂在像晾衣竿的棒子头上，旁边还摆放着红色的胶带和剪刀。

古纲好像一直在这里搞这个。

“这是……什么？”

我向女饲养员问道。

“跳高用的旗标……”

“啊？”我吃惊地看着她。

她盯着地上的东西，断定地说道：

“是给富士用的。”

啊？

古纲是要让富士跳高吗？

整流罩型人工尾鳍裂开后过了几周，增强版的新人工尾鳍送来了。整流罩部分被涂成了蓝色。

“是蓝色的。”

“好漂亮啊。”

这样即使富士在水中游泳，也能马上分辨出来了。

“古纲。”

古纲正提着跳高用的旗标向水池边走去。

“要训练跳高吗？”

古纲见暴露了，嘿嘿地笑着说：

“现在的富士肯定能跳。”

“你怎么知道？”

“我一直陪在它身边，所以知道。”

古纲自信地答道。

“你一起来看看吧。”

我跟着古纲一起来到水池边。

见到古纲，富士马上游到了浅水池边。

古纲做出手势后，富士毫不犹豫地进了浅水池。

“进浅水池已经没问题了啊。”

“这回安装人工尾鳍更容易了。”

古纲给富士穿上人工尾鳍，做出“OK”的指示后，富士又返回到主水池中去了。

古纲拿着旗标走到主水池边。

“我要开始了。”

古纲举起了跳高的旗标，但位置并不是很高。

“要来了。”

只见富士助跑一段距离后，跃出水面，伸直身体，准确地触碰了旗标。

那样子与其说是跳高，倒像是稍有点高的扭摆。富士的身体还有三分之一在水中。

“现在还很低，但一点点增加高度就行了。”

古纲的眼神似乎在说，富士慢慢地就能将身体全部跃出水面了。

“但是，富士自己想要跳吗？”

听我这么一说，古纲突然没了自信，小声说道：

“我觉得，现在的富士一定可以跳的。体力也逐渐增强了。但那只是我自己的想法。实际上，富士可能觉得自己是被迫的……”

“哇，等下……”

啊？我闻声向反方向的水池边看去。

“古纲！”

我指着反方向的水池边叫道。

古纲转头看去。

“富士？”

“哗啦！”

只见富士正准备跳起来触碰旗标。

这本来是富士的女儿可妮做的项目。

“富士！”

结合可妮的跳跃能力，这个旗标被挂在了非常高的位置。

虽然不能触碰到，但富士的这一跳已经比古纲训练时高了不少。

“富士！”

古纲慌忙叫住富士，跑过去查看尾鳍。

“哇，完了……”

增强版的整流罩型人工尾鳍也裂成了两半。

古纲急忙从富士身上取下人工尾鳍，然后下定决心似的对我说：

“植田先生，富士还是想要跳的，想要像伙伴们一样跳。我想帮它跳起来。”

“古纲……”

古纲看着我。

“跳跃不包含在咱们一开始的请求中。”

“啊？”

古纲露出不明所以的表情。

“我们一开始请求普利司通公司制作人工尾鳍，是为了能让富士重新游泳。所以这是为了让它游泳而制作的人工尾鳍。”

“这……但是，富士它！”

“是啊。”

富士在浅水池中看着我们，似乎在听我们说话。

“如果说跳跃是海豚生活的一部分，那我们必须想办法满足它。”

“植田先生！”

古纲露出了笑容。

“让普利司通公司为我们制作一个能够承受跳跃的人工尾鳍吧。”

“好！”

“好，古纲，你好好训练富士跳跃吧！”

“是！”

9. 破损及受伤

我给东京打电话联系后，普利司通公司的加藤先生十分惊讶。

“跳跃?”

“对不起，不是我想让它跳的，是富士自己想跳。”

“富士已经能跳了吗?”

“还不能，但是身体的三分之二已经能够跃出水面了。这样坚持训练下去的话，富士一定能跳跃。”

“是这样啊。”

加藤先生似乎有点犹豫地说道。

“植田先生。”

“嗯?”

“富士能恢复到什么程度?”

我知道加藤先生想说的话。一开始富士不能游泳，为了让成天浮在水中的富士能够重新游泳，才制作了人工尾鳍。

但富士能够游泳后，又开始练习扭摆，现在则是跳跃。

富士不断地将新的人工尾鳍弄坏。它到底会恢复到什么程度？人工尾鳍到底要制作到什么时候？

从加藤先生的声音中可以听出，他并不是不愿意做。大家都衷心地希望富士的身体能够不断变好。而且大家还开玩笑地说过：“富士恢复健康后，没准还能跳跃呢。”

看着富士游泳的样子，大家曾经这样畅谈。

是的，那只是个梦。

但现在富士真的想要跳跃了。

“事到如今，我也想制作能够承受跳跃的人工尾鳍。”

但那到底什么时候能够完成？

自从我在普利司通公司第一次与加藤先生见面，已经过了一年零八个月。

大家一开始团结一心，只想让富士重新游泳。

但随着时间的流逝，大家的想法逐渐产生了分歧。

目标是什么？终点在哪里？有必要让富士跳跃吗？有那个价值和义务吗？

大家都利用工作之余帮助富士。在这种忙碌的生活中，大家到底要做到什么时候才行？

我们开始迷失方向了。

我挂掉电话后，做出了一个决定：

“结束人工尾鳍项目吧。”

这样持续下去没有任何好处。

大家都是出于想要帮助富士的心意而努力的。所有人都是志愿者。如果终点不明确，大家的想法就会分散，从而变得半途而废。这样一来，至今为止的努力都将化为乌有。

是我请求制作人工尾鳍的。我有义务和责任协调这个项目，方便全体人员去工作。

我与内田馆长以及海兽课的宫原课长商议后，确定了最终目标。

“期限是到今年年底。”

“跳跃是海豚生活的一部分，在此之前，制作能够承受跳跃的人工尾鳍。”

至于是否要追求更好的性能，是否要继续开展人工尾鳍项目，等完成这个目标后再考虑。

总之，大家现在要团结起来，一同完成目标。

我再次联系了普利司通公司的加藤先生。

“我们打算在今年年底结束这个项目。”

加藤先生马上理解了我的意思。

“请您在 12 月之前制作一个能够承受富士跳跃的人工尾鳍。”

我将目标和期限告诉了加藤先生。

“目标明确了啊。12 月份，现在是 8 月份，还有四个月多一点。”

“是的。在那之前，饲养员会训练富士跳跃，并训练它戴上大谷博士的数据收集器。”

“知道了，我们一定全力以赴。”

加藤先生的声音总是那么沉着、亲切。

“植田先生，时间已经不多了，我想在冲绳做安装测试时进行改良。因为需要进行细微的调整，最好能请像造型设计专家药师寺先生那样的人来帮忙。”

“加藤先生，药师寺先生已经做好准备了。”

“不会耽误他那边的作品吧？”

“药师寺先生说，不看到富士跳跃，无论如何也不能专心创作。”

“大家都被富士搞得晕头转向了啊。”

“是啊。”

“几个大男人对一头海豚神魂颠倒。”

我们在电话的两端笑了起来。

最终目标，最后期限。现在已经不能反悔，也没有借口可言，只有全力以赴地去干。

“让富士跳跃。”

所有人又团结在一起，向目标努力。

得知目标后，古纲与富士展现出了惊人的专注力。

自从富士向可妮的旗标跳跃之后，它似乎回忆起自己跳跃的感觉了。古纲设置的旗标高度也逐渐提升。

古纲站在水池边，富士在古纲脚下一边游着，一边等着他的手势。四目相对的瞬间，古纲高高举起了跳跃的旗标。

“上啊！”

富士钻入水中助跑，然后一跃而起，整个身体全部跃出了水面。富士尾鳍也离开了水面，虽然只有一小段距离。

“跳出来了！看见没？看见了吧?！”

古纲向四周的人确认，刚才富士确实是跳出水面了。

在场的饲养员也见证了这历史性的一刻，点了下头。

“成功了！”

我们与加藤先生确定了期限后仅过了两周，古纲的训练就已经成功了。

但在富士跳跃时，尾鳍受力十分大。

“又坏了。”

古纲将富士弄坏的人工尾鳍拿给我看。

普利司通公司不断地送来新的强化人工尾鳍，但富士只跳跃一次就被弄坏了，有时甚至刚开始游泳就坏了。

富士真的充满了干劲。新的人工尾鳍送到后，它就想要跳跃，好像在说“看着，我再给你弄坏”似的。

到了 9 月，出了一件事。

这天，普利司通公司的加藤先生他们带着最新型的整流罩型人工尾鳍来到了冲绳。

“这次的人工尾鳍比以前的要硬很多，估计不会坏了。”

加藤先生自信地说道。

“好，古纲，开始吧。”

我对古纲说道，然后像平时一样背起氧气瓶，潜入了水中。

我透过水下摄像机环视水池，看到富士正穿着人工尾鳍从浅水池中游出来。

“开始扭摆！”

估计是古纲这样指示的，只见富士用力摆动人工尾鳍，身体一下子浮了上去。

橡胶尾鳍随着富士的运动而扭曲，但夹在里面的硬芯并没有折断。

好样的，接下来是旋转。

在水中，富士踩着水旋转起身体。柔软的橡胶巧妙地推着水，看上去很容易旋转。

最后就是跳跃。

富士正踩着水在水池边竖着身体，我在水中可以看到富士肚子以下的部分。

好像是古纲发出了指示，富士一下子钻入水中，紧贴着水池底部助跑一段后，跳了起来。

“啊！”

我叫了出来。

富士跳起来的瞬间，整流罩型人工尾鳍一下子碎裂了。虽然之前也坏过，但从未像现在这样碎裂。

糟糕！这容易被海豚误食！

紧接着，发生了一件更令人震惊的事。

跳跃后落入水中的富士将整流罩型人工尾鳍的碎片踢散了。

“天哪！”

我立即将水下摄像机放在一边。

水下摄像机较大，应该不用担心被吞食。但是人工尾鳍的碎片怎么办?

我慌忙在水中收集碎片。

等我游到水池边时，看到古纲哭丧的表情。

“富士它……”

古纲手握着富士的尾鳍说道。

只见富士的尾鳍上有一条五厘米左右的伤口，正渗出血来。

“快，消毒……”

古纲此时也许回忆起了做尾鳍切除手术时的情景。

不论怎么切都不断腐烂的尾鳍……

这次的测试被迫停止了。

“对不起，让富士受伤了……”

在开会时，我们看过富士的人工尾鳍损坏时的录像后，加藤先生向我们道歉。

“没关系，不是什么大伤。而且，这次不是因为人工尾鳍损坏受伤的，而是因为富士偶然踢破的，不用介意。”

虽说出血了，但伤口很小，估计很快就能治愈。

“富士到底用了多大的劲儿啊。”

资深的专家加藤先生好像也犯愁了。

“富士的体重大概有两百二十公斤，它要将这个重量拖到水面上去，应该是很大的力量。”

“就像大相扑跳跃一样。那确实需要很大的力量。”

对于海洋生物，我们还有很多不了解的地方。海豚的尾鳍到底有多么强劲，目前世界上哪里都找不到相关数据。

“话说，加藤先生……”

“嗯？”

“不好意思，给您添麻烦了。”

虽然已经进行到这个地步了，但我对于将加藤先生他们牵扯进来这件事一直感到过意不去。

他们为了富士，牺牲了所有休息日。估计他们也没有料到要花费这么长的时间。

“我们同样想帮助富士。”加藤先生说道。

我笑了一下。

“植田先生。”

“嗯。”

“这涉及技术专家的自尊心，所以我们一定要做出能够承受富士跳跃的人工尾鳍。”

会议结束后，我返回办公桌工作。这时，古纲走了过来。

“还给富士穿人工尾鳍吗？”

“为什么这么问？”我抬起头疑惑地看着古纲。

“我不想要会损坏的人工尾鳍。”

古纲突然这样说道。

“富士不是已经能游泳了吗？它不是已经恢复健康了吗？”

“你不是想让富士跳跃吗？”

古纲低下眼睛说道：

“那只是我自己那么希望的。就是因为我将自己的想法强加给了富士，才使它受伤的……”

心地善良的古纲拼命想保护富士，似乎自己现在不去保护它的话，富士就会死去似的。

“如果再从伤口处发生坏死怎么办？我觉得已经可以了，人工尾鳍不是已经帮助富士恢复健康了吗？”

富士真的不想跳跃了吗？真的是古纲将自己的想法强加给富士吗？富士自己不是曾经尝试触碰可妮的那个高旗标吗？

我对古纲说：“我来治疗富士的伤。”

“啊？”

“但穿不穿人工尾鳍要由富士自己来决定。如果富士不愿意，不给它穿也可以。它愿不愿意不是你说了算的。”

我看着古纲的眼睛说道。

古纲低头沉默了一会儿，似乎在考虑什么，然后抬起头说：

“如果富士不愿意，不穿也可以，是吧？”

如果富士不愿意，那也没有办法。

“你还记得吗？半年前，富士尾鳍被划伤时的事。”

那时，不论我们怎么叫，富士都不肯到水池边来。当时它看到人工尾鳍就感到厌恶。

估计古纲是想说，富士现在也一定是这样的。

“请跟我来。”

古纲拿着裂开的人工尾鳍带着我一起向水池边走去。我从他的背影中感到，他是要向我证明富士不会来到水池边，不会再佩戴人工尾鳍了。

“富士！”

古纲站在水池边，高高举起人工尾鳍，招呼富士。

他似乎在心里喊道：“不要过来。”

但富士听到古纲的喊声，马上就有了反应。它朝着古纲的方向游了过来。

“你根本不用过来……”

古纲突然将人工尾鳍拿到富士能够看清的地方。古纲拿着人工尾鳍的手在颤抖。

但富士并没有停下。它游到水池边后，横在了古纲的脚下。

然后，它伸出了自己受伤的尾鳍。

“富士……”

古纲不知怎么办，呆呆地站在那里。

“你为什么要过来？不要过来……”

原本很顽固的富士浮在古纲的面前。古纲曾经那样期望富士能听自己的话，现在却被它的样子感动得要哭出来了。

富士的尾鳍上还渗着淡淡的血。

“富士……”

富士亲切地看着古纲。

“不用担心。”

我似乎听到富士在这样对古纲说。

10. 飞向天空

让富士跳跃。

不再迷茫的古纲比之前更加卖力地与富士一起训练。

面对 12 月的期限，大家团结在了一起。

“又断了！”

新的人工尾鳍相继送到，却又一个个被损坏。

“还是不行啊。”

“橡胶中的硬芯断了。”

“但整流罩型的部分没有坏。”

这是指固定人工尾鳍的被叫作整流罩的部分。富士就是因为这个部分损坏才受伤的。

也就是说，只要这里不坏，富士就不会受伤。

“这次可以保证整流罩部分绝对不会损坏。”

普利司通公司的加藤先生这样告诉我。普利司通公司以及加藤先生要争这口气。

水池边传来了古纲的叫声。

“硬芯好难做啊。”

加藤先生很苦恼。

“如果做得十分坚硬，就不会折断了。但是这样一来，就会影响富士游泳。”

对了，之前造型设计专家药师寺先生做过一个人工尾鳍。使用一种叫作聚碳酸酯的增强塑料制作的人工尾鳍十分坚固。但由于过硬，富士在水中改变方向时，会影响游泳。

“但如果制作成可以弯曲的尾鳍，由于芯太软，又容易折断……”

制作人工尾鳍原本只是普利司通公司的员工组成的志愿者团队，利用休息日开展的工作，但现在大家都已经拿出全部的战斗力了。

一开始只是加藤先生的几个手下参与研发，现在已经有很多人加入了进来。

普利司通公司涉及工程学、体育……从自行车到推土机履带用的橡胶等，制作了很多产品，大家都是拥有各项技术和想法的人。普利司通公司还将正在研发的用于下一届奥运会的材料提供给了我们。

“大家听说我们正在做海豚的尾鳍后，都伸出了援手。”

加藤先生不好意思地说道。

“就连管理人员和不在现场的工作人员也要帮忙。大家都很喜欢海豚，特别是喜欢富士。”

加藤先生简直是把富士当成了自己的恋人。他们俩是冲绳和东京的远距离恋爱。

但加藤先生也是普利司通公司的一位部长，他有很多属下，需要管理技术专家们。

加藤先生一般是在周末来到冲绳，返回东京已经是星期日的深夜了。第二天还要早上六点起床参加会议。没有不辛苦的道理。

“每当人工尾鳍损坏时，我在返回东京的飞机上都感到很难受。”

加藤先生像看着恋人一样看着富士，叹了口气。

“植田先生。”

"在。"

"我下次来冲绳得等到12月份。"

12月份。这是我们定下的期限。

"这是最后的机会。我一定要完成与富士的约定。"

加藤先生留下这句话后，返回了东京。

2004年12月到来了。

"明天就是期限了，富士的状态怎么样？"

古纲正在清洗给富士喂食的桶，他停下手中的活看向我说道：

"完全没问题。这几天我都在夸奖它呢。"

"夸奖？"

"是啊，我一直在夸奖它。不是有句话说，'多夸奖，才能成长'吗？"

这是平子先生办公桌上放着的书《属下的正确培养方法》的标题。估计海豚也是一样，受到表扬后会很高兴。

"富士现在心情特别好，它什么都能做。"

古纲高兴地说道。

“你训练得真好啊。”

“啊？”

“没想到啊，原本是那么顽固的海豚。”

古纲又开始洗起水桶，然后好像想起什么，又停下说道：

“富士练习跳跃时，总是以漂亮的姿势助跑。”

“嗯？”

“池中没有其他的海豚，其他海豚都不在水池中游泳。一开始我还不知道，但有一天我发现了，原来大家都在陪着其他的海豚不过来。”

原来是这样。大家都是为了给富士腾出助跑的空间。

饲养员悄悄地来到水池边，用小鱼引开了其他海豚。

“在此期间，那些海豚不能训练。大家明明都想早点训练自己负责的海豚，教它们学新的表演节目。”

“但大家都希望看到富士跳跃，看到你指挥富士跳跃的情景。”

“并不是我一个人在努力，是因为有大家的支持才能走到今天。”

嗯。

“富士教会我很多东西。”

古纲看着我的眼睛说道。

“例如，将自己的想法强加于人，是不会得到对方理解的。”

我点了点头。

“还有，要相信朋友，关心对方的感受。然后是……绝对不要放弃。”

原本只是个新人的古纲现在已经变成一个优秀的饲养员了。

“植田先生，我明天一定让富士好好表现一下！”

加藤先生、齐藤先生等普利司通公司的人来到了冲绳。造型设计专家药师寺先生以及鲸类研究专家大谷博士也来了。大家都想来看看项目的结果。

加藤先生在水池边将最新型的人工尾鳍递给了我。

“这是最后的人工尾鳍。麻烦你了。”

我点头接了过来。这是按照小德尾鳍的形状制作的橡胶尾鳍，而且是用碳纤维制作的整流罩型。

人工尾鳍的形状从夏天开始就一直没变，但其中包含着加藤先生、普利司通公司、药师寺先生以及参与这个项目的所有人满满的心意。

“来吧，古纲！”

“是！”

古纲叫富士过来。

富士很听话地来到浅水池。古纲做出手势，让它横躺下，以便安装人工尾鳍。

“哗……”

富士横躺了下来，宛如将救生圈轻轻地放在那里似的。

富士完全放松下来，一点没有要逃走的意思。它已经完全信任古纲了。

“把人工尾鳍拿过来。”

“好的。”

“螺丝。”

“拿着那边。”

我们给富士穿上了人工尾鳍。

“进不去吗？”

螺丝与螺丝孔不能很好地套合。

一分钟……时间一点点过去了。富士依然老老实实地待在那里。

两分钟过去了……富士有点不耐烦了。它左右扭动着身体，似乎在说：“还没好吗？”

古纲做出判断，说道：“先取下来。”

所有人的手离开了富士。

身体得到自由的富士向古纲张开嘴要小鱼吃，但古纲没有给它。

“我还没让你动，不要任性。”

古纲以严肃的表情看着富士说道。

富士露出惊讶的表情，随后又老老实实地横躺下来。

要是以前的古纲，为了讨好富士，估计这时早已给它小鱼吃了。或者用强力按住它，让它就范。

但现在已经不一样了，富士已经可以做到了。

古纲相信富士，富士也相信古纲。

“这回没问题了。”

“螺丝拧进去了。”

“螺丝再拧紧一点。”

“哔！”

人工尾鳍穿好了，古纲吹响了口哨。

“好了，做得不错。”

古纲抓起一把小鱼送入了富士口中，然后富士从浅水池中游了出去。

这边，饲养员们提着装满小鱼的水桶前往水池。这是为了吸引其他海豚过去，以便富士有充足的空间游泳。

饲养员和表演解说员们不知什么时候都聚集到了水池四周。

古纲来到主水池边上。富士马上来到古纲的脚下，一边看着古纲，一边竖起身体踩着水。

“首先是扭摆，开始！”

古纲的声音响彻水池。

扭摆，接着是旋转，然后是鸣叫。

富士对古纲的手势马上做出了反应。

“很好，就是这样。”

古纲一边给富士小鱼吃，一边夸奖道。

接着就是跳跃了。

“跳跃，开始！”

古纲像宣布重要事件一样向水池边的所有人说道。他的脸上透露出了紧张神色。

终于到来了。这是最后的挑战。

“富士。”

古纲与富士相对而视。富士静静地等着古纲发出指示。

“富士，让大家看看你的努力成果。这可是最后的机会了。”

古纲目不转睛地看着富士。富士也聚精会神地看着古纲。

“开始喽。”

古纲下定决心似的抬起头来，环视了一下水池四周。饲养员们已将其他海豚吸引到了水池边。大家都在看着古纲。

“加油！”

“加油！”

大家的目光中这样说着。

古纲稍稍点一下头，高高举起了跳跃的旗标。

“好，开始！”

富士弹射般翻过身体，潜入了水中。它将身体贴着水池底部，绕了一个大圈助跑后，从水面跳了出来，向着旗标，向着天空，高高地跃起。

“哇！”

水花从富士的身上落下，它伸直身体触碰到了旗标。

好高！

“成功了！”

“好厉害！”

富士跳跃的高度令人难以置信。这还是原来的富士吗？

富士做了一个非常高的跳跃，然后又落回了水中。

“哔！”

口哨的声音比平时稍大，响彻水池。听到这个声音，大家才回过神来。

富士。

富士。

跳吧！

古纲做出手势，示意富士返回浅水池。

谁都没有说话。

“人工尾鳍怎么样了？”

“有没有裂开？”

“富士有没有受伤?”

我们将人工尾鳍取了下来。

“整流罩部分怎么样?”

“硬芯怎么样?”

加藤先生他们开始检查人工尾鳍。

“有没有划伤?”

古纲以严肃的表情检查富士的尾鳍。

“人工尾鳍没有折断!”

加藤先生的声音响了起来。

“富士呢?富士有没有受伤?”

“没有受伤!”

大家都放心地笑了。

“太好了!”

“成功了啊!”

我看向水池边。饲养员们正看着这边。我用双手比画了一个大大的“OK”。笑容立即在水池边扩散开来。

“还好在最后的最后完成了约定。”

加藤先生说道。

“非常感谢！”

我轮流与加藤先生他们用力地握手，表示感谢。

脱下人工尾鳍的富士慢慢地游回了主水池。

古纲悄悄地离开普利司通公司的人们，坐在水池边看着富士。

富士也游到古纲的身边，撒娇似的将身体靠在古纲的脚边。

“你也知道努力了啊。”

古纲温柔地抚摸着富士的脸，说道。

富士不想离开古纲的身边。这个肥胆妈妈也许在对古纲说：

“你也很努力啊。”

第二天，我潜入水池中。

为履行与内田馆长的约定，我们在富士的背上装上了测量游泳速度的大谷博士的数据收集器。

多亏了古纲的特训，富士已经不排斥数据收集器了。

我拿着水下摄像机摆在水池底开始拍摄。

游泳时的富士真的和其他海豚分不清。唯一的区别就是富士的尾鳍上有一个蓝色整流罩的“V”形图案。

我将摄像机对准富士。

哎？怎么回事？

富士的动作很奇怪，它正用身体蹭着水池底部。

难道是……

“嘎吱，嘎吱。”

富士要将收集器的吸盘蹭掉。

而且，那里是……排水口！

“数据收集器可是很贵的哦！”

我慌忙靠近富士一看，固定数据收集器的细塑料带已经有一边被磨掉了。要是被它蹭掉了……数据收集器就会流到海里去。

真是的……这头海豚真的是高智商罪犯！

我将数据收集器连同吸盘一起从富士身上取了下来。可能是感到轻松了，富士用嘴啄着我的摄像机玩。

“喂！别玩这个。”

我推开富士的身体，想让它走开。但富士并不想走开，反而贴得更近了。

“干什么啊？”

我不禁笑了出来，抚摸了一下富士。

海豚能记住人的长相。它们在水中遇到不喜欢的人时，甚至会用身体撞击。

对于富士来说，我是给它抽血、打针的人，总是给它带来痛苦，甚至还把它的尾鳍切掉了。

我本应是它非常憎恨的人。我这个梳着金色辫子的人可是不会认错的。

然而……富士不愿离开我。

“干什么啊？”

我有些不好意思了。

我感到仿佛富士是来对我说“谢谢”似的。

富士白色的尾鳍。

怎么切都阻止不了的坏死。

无休止的治疗。绝望的时间。

面对现实的无力感。

最后方案的手术。

切除的尾鳍。

我的手上还留着那时富士尾鳍的触感。

成天浮在水池中的富士。呆滞的眼神。

看着不能游泳的富士，我们是多么的难过。

“喂……”

富士在我身边转着圈。

“真好啊。”

真好啊，富士。

“大家都来帮你。”

然后大家也向你学了很多东西。

“谢谢你。”

我在心里这样说道。富士似乎听懂了我的话，静静地游走了。

我在水池底向上看去，富士正在我头上游着。水面上映射着闪闪的阳光。富士正朝阳光游去，宛如向着天空，向着无限的未来游去似的。

“只要不放弃，梦想就一定会实现。”

在水下，在这个无声的世界里，我似乎听到富士这样对我说。

真的是这样，富士。

真的是这样啊，富士，谢谢你。

后　记

在冲绳的水族馆中，有一头失去尾鳍的海豚。据说普利司通公司为它做了一个人工尾鳍。

海豚？没有尾鳍？

如何为失去尾鳍的海豚装上橡胶尾鳍？

我听到这件事后，立即产生了兴趣，决定马上去见富士。

那是2004年6月的事。

不管怎么说，一头海豚失去了尾鳍，估计冲绳美丽海水族馆的饲养员一定很伤心。因此我也是怀着沉重的心情去了水族馆。

然而，我在海豚潟湖水池看到的是饲养员古纲的灿烂笑容，以及在浅水池活泼地游动、溅出水花的富士。

之后才知道，那天是富士能够进入浅水池的日子。

蓝色的天空，蓝色的大海，灿烂的阳光，在这样的景色中，古纲捧起富士的尾鳍给我看。

“您看，是不是很小？”

但是他的笑容仿佛在说：

“富士已经能够游泳了，是不是很厉害？”

看着用小小的尾鳍游泳的富士，以及帮助它再次游泳的人，这一瞬间，我突然想将这个美好的事情告诉更多的人。

我在采访中，从兽医植田先生那里了解到了很多。

关于海豚的事、治疗的事、水族馆的事、饲养员的事、人工尾鳍项目的事。

通过对植田先生的采访，我深切地感受到水族馆的人真的非常关心海豚。

水族馆的海豚不是宠物。水族馆的人并不是成天哄着它们玩，而是将它们视为工作及人生的重要伙伴。

但是这个伙伴失去了尾鳍。

大家希望能让它重新游泳，这是很自然的

感情。

人工尾鳍项目是植田先生提出的，得到了很多人的支持。大家参与这个项目并不是为了自己，也不是为了钱，更不是为了炫耀。

他们只是为了项目。

为了完成这个项目，很多人参与进来。他们挤出时间，绞尽脑汁，齐心协力地合作。

即使成为大人，他们也会与伙伴们一同朝着同样的目标，追逐同一个梦想。而且他们聚集自身的经验和技术和想法，可以实现更大的梦想。所以我觉得，变成大人也不是坏事。

也不知道富士喜不喜欢大家为它做的人工尾鳍。也许它只是想，给我小鱼吃的话，穿上也无妨。

谁也不清楚海豚的想法、富士的想法。

在古纲坐在水池边看着富士时，在最后富士来到植田先生身边时，也许它并没有说什么“不要担心”“谢谢”，也许只是在说“给我小鱼，给我小鱼”。

虽然我们不知道富士的想法，但人工尾鳍使得富士能够重新与伙伴们一起游泳。

富士恢复了紧绷的体形，不再有因为生活习惯不好而生病的担忧。植田先生说道：“能看到富士恢复健康，比什么都高兴。”

是的，富士恢复了健康。

仅这一点，参与人工尾鳍项目的成员就非常满足了。

这个项目在2004年12月暂告了一段落。但那之后，为了做出一天二十四小时、一年三百六十五天都能够放心使用的人工尾鳍，大家仍在继续研发。

为了帮助世界上所有失去尾鳍的海豚，鲸类研究专家大谷博士正在研究海豚尾鳍的动作。

人工尾鳍项目的第二乐章已经开始了。

植田先生为了这一新的开始，剪掉了自己的金色辫子，现在以新的发型投入水族馆的新工作中。

对于海兽课的人来说，重要的不仅是富士，水族馆的所有海豚都是饲养员们的重要伙伴。

人工尾鳍项目虽告一段落，但没有时间休息。

在冲绳美丽海水族馆中，不断地诞生不亚于富士的感人故事，欢迎大家来玩。

在写这本书时，我得到了很多人的关照。我从冲绳美丽海水族馆的内田诠三馆长那里重新认识了水族馆的责任以及人际关系的重要性。

我在进行采访的半年间，一直得到水族馆热情的关照，十分感谢。为了内田馆长的名誉，我在此补充一句，馆长不只是一位严厉、可怕的人，他实际上有很诙谐的地方。我私底下称呼他“可爱的小诠”。（啊，被知道了！）

特此感谢以下人士（省略敬称）：

海兽课的宫原、外间、东、植田、真壁、平子、小野、新井、中曾根、草田、古纲、上间、玉城、德千代、赤羽、加须荣、河津、大城、齐藤、渡边（梓）、神谷、前田、阿部、筑地、高濑、渡边（纱绫）、铃木、高良。

普利司通公司的加藤、齐藤、加唐、原、关、藤川、苫米地，造型设计专家药师寺、鲸类研究专家大谷、伊藤、铃木。

“只要不放弃，梦想就一定会实现。”

真的是这样啊，富士，谢谢你。

献给富士，以及通过富士结识的所有人和海豚。

岩贞留美子

合作：财团法人海洋博公园管理财团

冲绳美丽海水族馆馆长内田诠三

* 文中人物职务信息均为当时在任状态。

著作权合同登记号 图字 01-2024-4365

图书在版编目 (CIP) 数据

失去尾鳍的海豚富士 / （日）岩贞留美子著 ；（日）加藤文雄摄影 ； 麻春禄译 . -- 北京 ： 人民文学出版社，2025. -- （救救动物！）. -- ISBN 978-7-02-019288-5
Ⅰ . I313.85

中国国家版本馆 CIP 数据核字第 202527QN93 号

责任编辑　李　娜　王雪纯
装帧设计　钱　珺

出版发行　人民文学出版社
社　　址　北京市朝内大街166号
邮政编码　100705

印　　刷　安徽新华印刷股份有限公司
经　　销　全国新华书店等

字　　数　74千字
开　　本　787毫米×1092毫米　1/32
印　　张　5.5
版　　次　2025年6月北京第1版
印　　次　2025年6月第1次印刷

书　　号　978-7-02-019288-5
定　　价　30.00元

如有印装质量问题，请与本社图书销售中心调换。电话：010-65233595